ANIMORPHS™

Sie werden dich verändern

**Sogar das Buch morpht!
Seiten schnell über
den Daumen durchblättern!**

ANIMORPHS™

DER ERBE

K.A. Applegate

Deutsch von Christoph Arndt

Ravensburger Buchverlag

Für Tonya Alicia Martin,
auch für Michael und Jake

Die Deutsche Bibliothek – CIP-Einheitsaufnahme

Ein Titeldatensatz für diese Publikation ist bei
Der Deutschen Bibliothek erhältlich

4 3 2 1 04 03 02 01

Die Originalausgabe erschien 1998
unter dem Titel „ANIMORPHS – Vol 23 The Pretender“

Published by arrangement with Scholastic Inc.

Umschlagillustration: Damon C. Torres / The I-Way Company
Printed in Germany
ISBN 3-473-34873-2

www.animorphs.de

KAPITEL 1

Ich heiße Tobias.

Das ist mein Name. Aber Namen sind Schall und Rauch, stimmt's? Ich habe zwei Rachels kennen gelernt. Die eine war so 'ne überkandidelte Meckerziege. Die andere Rachel – diejenige, welche ich jetzt kenne – ist die tapferste Person, der ich je begegnet bin.

Aber wenn ich euch sage, dass ich Tobias heiße, würdet ihr doch zumindest davon ausgehen, dass ich ein Mensch bin, nicht wahr? Ihr würdet annehmen, dass ich Arme und Beine habe. Und ein Gesicht mit einem Mund. Doch nicht mal das verrät ein Name.

Ich bin nämlich gar kein Mensch.

Allerdings war ich mal einer. Ich wurde als Mensch geboren. Ich besitze menschliche Wesenszüge. Und ich kann für jeweils zwei Stunden ein Mensch werden. Aber ich bin kein Mensch.

Sondern ein Rotschwanzbussard. Eine ganz gewöhnliche Greifvogelart, nichts Exotisches. Rotschwanzbussarde leben meistens in Wäldern in der Nähe einer Lichtung oder Wiese. So jagen sie am besten: Indem sie auf einem Ast

hocken, über die Lichtung spähen, Beute entdecken und dann flink herabstoßen, um zu töten.

Das mache ich auch. Ich lebe im Wald unweit einer malerischen Wiese. Leider hatte ich in letzter Zeit wenig Jagdglück. Aber so läuft es eben: Im Beutejägergeschäft gibt's fette und magere Zeiten.

Außerdem habe ich Konkurrenz. Ein anderer Rotschwanzbussard hat sich in meinem Revier breit gemacht.

Und frisst mir meine Mäuse weg. Wegen ihm und der kurzen Dürre, die wir jüngst hatten, wird langsam die Nahrung knapp.

Dumm, nicht? Dumm, dass ich mir um so was Sorgen mache. Ich besitze nämlich weitaus größere Fähigkeiten als mein Konkurrent. Ich kann mich in einen Menschen morphen. Und dazu in ein beliebiges Tier. Ich könnte mich also in irgendein Mitglied der Katzenfamilie oder irgendeine Schlange morphen und den Rotschwanzbussard killen.

Bloß – ich tue es nicht.

Ich könnte den Eindringling herausfordern.

Rotschwanzbussard gegen Rotschwanzbussard. Wir könnten es ausfechten.

Bloß – ich tue es nicht.

Ich unternehme nichts. Sehr bald aber wird *er* mir auf die Pelle rücken, mich vertreiben wollen. Vielleicht muss ich mir dann überlegen, was zu tun ist. Aber zum jetzigen Zeitpunkt unternehme ich nichts. Ich kriege bloß Hunger.

Ich könnte mich um Hilfe an die anderen wenden: An Rachel und die übrigen Animorphs, meine Freunde. Aber wie würde das aussehen? Wie kann ich in einer Situation um Hilfe betteln, die ich selber meistern sollte?

Ich saß auf meinem Ast, auf meinem Baum, und beobachtete das trockene Gras. Ich spähte, wie nur ein Greifvogel spähen kann: Mit Teleskopaugen und einem Verstand, der niemals müde wird, nach Hinweisen auf Beute zu forschen.

Ich wartete, beobachtete und lauschte. Das Zucken eines Grashalms. Ein winziges Staubwölkchen. Das leise Trippeln von kleinen Füßchen, die über den Erdboden huschten.

Und gelegentlich blickte ich über die Wiese zu *ihm* hinüber. Zu dem anderen Rotschwanzbussard. Er war knapp hundert Meter weit weg. Die Länge eines Fußballfeldes. Aber ich konnte ihn deutlich sehen. Es war, als würde ich in einen weit entfernten Spiegel schauen. Die grimmigen, gelbbraunen Augen. Der gefährliche Hakenschnabel. Die scharfen Klauen, die sich in die Rinde eines Asts gekrallt hatten.

Er schaute zu mir. Unsere Blicke trafen sich. Er war ein waschechter Greifvogel. Ich war … ich war jene einmalige behinderte Kreatur namens Tobias.

<Nein>, sagte ich zu ihm, obwohl er natürlich nichts verstand. <Nein, ich werde meine Morphkräfte nicht gegen dich einsetzen. Nur du und ich. Bussard gegen Bussard.>

Jetzt blickte er wieder auf die Lichtung. Ich auch. Schon lange hatte ich den Bau eines Kaninchens mit Nachwuchs

im Visier. Drei der Kaninchenbabys hatten überlebt. Ich war genug Mensch, um zu wissen, dass die Leute – Menschen – angewidert wären von dem Anblick, wenn ich ein Kaninchenbaby töten und fressen würde. Ihnen wäre es angenehmer, wenn ich mir das Muttertier krallen würde.

Aber da täuschen sie sich. Das Leben auf der Wiese ist kein Disneyfilm. Würde ich die Mutter töten, so müssten die Jungen alle sterben. Würde ich nur eines der Babys fressen, würde die Mutter überleben und könnte wieder Nachwuchs haben. Neue Babys aufziehen, die ich dann wieder erbeuten konnte. In Stücke reißen. Auffressen.

Es gab noch einen weiteren Gesichtspunkt: Kaninchen sind zäher als Mäuse. Sie können ihre kräftigen Hinterläufe als Waffen einsetzen und Schläge austeilen, dass man ganz blöd im Kopf wird.

Das ist mein Leben. Eine Wiese, wo die Beute allmählich knapp wird. Ein Konkurrent, der mich komplett verdrängen möchte. Und eine Karnickelfamilie, die sterben muss, damit ich leben kann.

Versteht ihr, was ich damit meine, dass Namen nicht viel aussagen? Damals, als ich noch ein richtiger Mensch war, da war „Tobias" ein Wort, das „Weichei" bedeutete. Ja, das war ich. Ich schätze, ich war damals ein netter Junge. Die Lehrer konnten mich vermutlich gut leiden – und die Mädchen bedauerten mich. Aber die Schlägertypen fühlten sich zu mir hingezogen wie die Motten zum Licht.

Das alles änderte sich auf die absurdeste Weise, die man sich nur denken kann. Und zwar in jener Nacht, als Jake,

Rachel, Marco, Cassie und ich über die verlassene Baustelle liefen.

Dort sahen wir das beschädigte Raumschiff landen. Und dort trafen wir den sterbenden Andalitenprinzen. Elfangor.

Elfangor war es, der uns mitteilte, dass unser Leben, wie wir es gekannt hatten, bald enden würde. Bereits geendet hätte. Er erzählte uns von der geheimen Invasion der Yirks auf der Erde. Eine geheime Invasion parasitärer Nacktschnecken, die in euer Gehirn eindringen und euch versklaven.

Und es war Elfangor, der uns Kräfte verlieh, die niemand außer den Andaliten je zuvor besessen hatte, indem er uns mit Hilfe der andalitischen Morphingtechnologie veränderte. Wir erlangten die Fähigkeit, durch Berühren eines Tiers dessen DNS zu übernehmen und dann dieses Tier zu werden.

Ganz recht, *werden.*

Ich morphte mich in einen Greifvogel. Und machte einen Fehler. Ich überzog das gültige Zeitlimit von zwei Stunden für den Morph. Als die Zeit abgelaufen war – war ich gefangen. Gefangen im Körper eines Rotschwanzbussards.

Gefangen in einer Welt, wo ein anderer Vogel ein gefährlicher Feind sein kann. Gefangen in einer Welt, wo ich töten muss, um zu essen. Und nicht, wie es die Menschen tun, die irgendwen anheuern, damit er die Tiere ausbluten lässt und ihre Knochen zermahlt, und dann ihr

Essen in hygienisch eingeschweißten Päckchen im Supermarkt kaufen.

Ich muss meine Nahrung selber töten. Ich muss hinabstoßen und meine scharfen Klauen in das Gehirn bohren, in den Hals. Ich muss fühlen, wie das Herz zu schlagen aufhört. Nachdem … nachdem ich schon zu fressen begonnen habe.

Das bedeutet der Name Tobias. Für diesen Tobias. Für diese eine seltsame, einmalige Kreatur.

Da! Bewegung!

Nur ein schwaches Zucken eines einzelnen Grashalms. Ich sah zu meinem Rivalen hinüber. Er hatte es nicht bemerkt. Diese Beute gehört mir.

Ich öffnete meine Schwingen, erwischte eine Brise und strich im Tiefflug über die aufragenden Wildblumen und das wogende gelbe Gras.

Wuuuusch!

Ich sah etwas Braunes huschen. Sah das kleine Kaninchen. Ich war hochkonzentriert. Elektrisiert.

Es passierte in Sekunden.

Ich drückte die Luft weg, veränderte den Anstellwinkel der Flügel, spreizte die Schwanzfedern zum Zielanflug und stürzte mich mit weit geöffneten Klauen auf das Kaninchenbaby.

Es sah mich nicht kommen!

Im Gegensatz zu seiner Mutter, aber die war einen Meter weit weg. Zu weit!

Gleich würden sich meine Fänge darum schließen …

<Aaaahhhh!>

Plötzlich war ich ängstlich, hilflos, starr vor Schreck! Über mir verdunkelten andere Flügel die Sonne. Riesige, monströse Fänge näherten sich von oben, als griffen sie direkt aus dem Himmel.

Ich schrie entsetzt auf. Und fiel mit dem Schnabel voraus in den Dreck. Ich war wieder ein Bussard. Aber ich war im Dreck gelandet und hatte meine Beute verfehlt. Ich flatterte wie verrückt, geriet in Panik. Ich versuchte aufzusteigen, aber dann ...

WAPP!

Zwei ausgewachsene Kaninchenbeine kickten nach mir und trafen mich seitlich am Ohr, dass mein Kopf nach hinten flog und ich fast ohnmächtig geworden wäre.

Meine Augen waren voller Staub. Ich blinzelte verzweifelt, panisch. Ich sah das Kaninchenbaby davonhoppeln. Und ich sah, wie sich die Kaninchenmutter zwischen ihm und mir postierte. Die Mama starrte mich aus einem perfekt kreisrunden Auge an. Ihr Schnäuzchen mümmelte, ihre Ohren zuckten.

Sie sah nicht den zweiten Schatten. Den, der sich rasch von hinten näherte, herabstieß, seine Fänge spreizte und mit ihrem todgeweihten Baby davonflog.

KAPITEL 2

Ich war noch immer hungrig. Und obendrein jetzt auch verstört. Dies war nicht das erste Mal, dass ich so etwas erlebte. Angefangen hatte es vor einigen Wochen. Bizarre Sekundenbilder, die Wachträume. Mehrmals war ich im Anflug auf meine Beute und dann, im allerletzten Moment, fühlte ich, dass mein Verstand in jene Beute übertragen wurde. So schien es mir zumindest. Ich weiß, das klingt verrückt. Aber wie wollt ihr über verrückt und vernünftig auch nur reden, wenn ihr so drauf seid wie ich?

Manchmal frage ich mich, ob es wohl zutrifft, dass ich etwas verrückt bin. Ich frage mich, ob ich in Wirklichkeit ein hoffnungsloser, tobender Irrer bin, der in einer Klapsmühle sitzt und sich bloß einbildet, er sei ein Bussard.

Vielleicht trage ich ja eine Zwangsjacke. Vielleicht stecke ich in einer Gummizelle. Tür an Tür mit anderen Gummizellen, in denen lauter Irre hocken, die sich für Napoleon oder George Washington halten. Oder für einen Rotschwanzbussard. Wie sollte ich das wissen? Weiß ein Verrückter, dass er verrückt ist? Erkennt er, dass seine Wahnvorstellung nicht real ist?

Ich überließ also das Kaninchen dem fremden Raubvogel. Aber diese unauslöschliche „Erinnerung", selber Beute zu sein statt Jäger, hing über mir, überschattete meinen Geist. Obwohl die Sonne schon frühmorgens am Himmel lachte und von den Straßen und Parkplätzen eine kräftige Thermik aufstieg, hatte ich das Gefühl, im Schatten zu fliegen.

Aber da meldete sich ein stärkeres Bedürfnis als das nach Vernunft: Ich war hungrig. Hungrig in dieser verzweifelten, alles verzehrenden Weise, wie sie nur ein Raubtier kennt. Es ist ein schlimmer Hunger. Ein gefährlicher Hunger.

Es war früh. In dem Wohnviertel unter mir war es still. Eltern stiegen in ihre Autos und fuhren zur Arbeit. Kinder warteten auf Busse. Einige plauderten oder spielten miteinander. Die meisten standen mürrisch herum, rieben sich den Schlaf aus den Augen.

Über alledem kreiste ich, unbemerkt von den Menschen unter mir.

Und dann entdeckte ich ihn.

Er war frisch, das konnte ich sofort sehen. Ein Waschbär. Dessen Hinterteil von einem Reifen überrollt worden war.

Totgefahren. Aas.

Aber er war frisch. Er war erst seit höchstens einer Stunde tot. Das Fleisch dürfte noch warm sein, vor allem an diesem warmen Tag. Die Maden hatten sich noch nicht an die Arbeit gemacht. Noch nicht.

Wenn er doch bloß noch geatmet hätte. Dumm, nicht? Aber dazu war ich verdammt: Einen Unterschied zu machen zwischen Beute, die lebt, die man töten muss und dabei irgendwie so zu tun, als sei das in Ordnung, korrekt. Und sich dann andererseits so zu verhalten, als ob etwas bereits Totes tabu wäre.

Die Wahrheit ist, ich hatte schon Bussarde gesehen, die Aas fraßen. Ältere, schwächere Bussarde. Richtige Pechvögel. Das gibt es.

Nur war es mir eben noch nie passiert.

Ich kreiste tiefer. So frisch. Und ich war hungrig. Was für eine dumme, sinnlose Unterscheidung. Mein Hunger stritt sich mit mir. Und er war überzeugend.

Ich ließ mich fallen, so plötzlich, als würde ich zum Töten herabstoßen. Vielleicht wollte ich so tun, als wäre das meine Absicht.

Ich stieß also hinab und landete auf dem rissigen Asphalt. Ich hielt nach Autos Ausschau. Die Straße war leer. Schnell und verstohlen riss ich mit meinem Schnabel den Bauch des Waschbären auf. Und dann begann ich zu fressen. Ja, er war noch warm. Ich schlang. Ich riss heraus und schluckte. Riss und schluckte.

„Tobias?“

Ich fuhr mit dem Kopf herum, aber ich hatte die Stimmer bereits erkannt.

Rachel? Nein! Oh Gott, nein! Nein.

Sie stand einfach da, mit ihren Schulbüchern unter dem Arm. Strahlend schön. Rachel wäre selbst mitten in einem

Erdrutsch oder Hagelschauer noch schön. An einem herrlichen, sonnigen Tag wie diesem verursachte sie mir Herzschmerzen.

Sie sah mich an. Peinlich für mich. Ich wollte was sagen, um die Situation zu erklären. Ich wusste nicht, was ich sagen sollte. Verletzend für mich. Ich fühlte mich gedemütigt. Was konnte ich tun?

Ich schlug mir den Flügeln, glitt über den Gehweg und erhob mich schließlich in die Luft.

Sie könnte ja glauben, dass ich irgendein anderer Bussard wäre. Könnte sie. Oder wenigstens würde sie so tun, als ob. Ein Stück Waschbärleber hing aus meinem Schnabel. Ich schluckte es hinunter.

KAPITEL 3

Zwei Tage später sah ich Rachel wieder. Kurz zuvor hatte ich bei Jake vorbeigeschaut, um zu sehen, ob irgendwas los war. Es fanden zur Zeit keine Missionen statt – wir hatten in letzter Zeit viel gearbeitet, hatten uns mit der entsetzlichen Sache um David, dem neuen Animorph, auseinander gesetzt. Hatten ihn, weil er uns gefährlich wurde, bezwungen.

David endete wie ich als das, was die Andaliten einen *Nothlit* nennen. Eine in einem Morph gefangene Person. Aber David war von uns im Körper einer Ratte festgesetzt worden. Für ihn gab's kein Fliegen mehr. Er war ein Beutetier. Und im Unterschied zu mir hatte David seine Fähigkeit zu morphen nicht wiedergewonnen und würde sie auch nie zurückerlangen.

Jake sagte, dass Rachel mich sehen wollte, auch wenn kein Einsatz auf dem Programm stünde. Er meinte, es wäre wichtig.

<Okay>, sagte ich.

Ich flog zu Rachels Haus an jenem Abend, nachdem die Lichter im Schlafzimmer ihrer Schwestern und in dem ihrer Mutter erloschen waren. Sie hatte das Fenster offen gelassen, wie sie es oft tat. Manchmal kam ich einfach so vorbei und machte ihr die Hausaufgaben. Warum, weiß ich nicht. Vermutlich irgendein verrückter Wunsch, mit meinem früheren Leben in Kontakt zu bleiben.

Mit der Leichtigkeit, die meine lange Erfahrung mit sich brachte, flog ich lautlos durch ihr geöffnetes Fenster und landete auf ihrem Schreibtisch.

Sie saß im Dunkeln und hatte nur eines von diesen kleinen Leselämpchen an. Nun legte sie das Buch hin.

„Hi, Tobias“, flüsterte sie.

<Hi, Rachel. Hör mal, wegen dieser Sache neulich –>

„Es ist was passiert“, unterbrach sie mich.

<Was?>

„Jemand kam vorbei und hat sich nach dir erkundigt.“

Mein Herz setzte rund ein Dutzend Schläge lang aus. Als es wieder pochte, musste ich nach Luft schnappen. <Wie meinst du das – jemand erkundigt sich nach mir?>

Rachel rollte von ihrem Bett. Sie trug so ein langes Sporttrikot. Das war vermutlich ihr Nachthemd. Ich erkannte weder die Teamfarben noch die Nummer. Ich hatte mich früher nie groß für Sport interessiert und inzwischen hat der ganze Kram für mich gar keine Bedeutung mehr. Sie knipste ihre heruntergedimmte Bettlampe an und kam zu mir rüber.

„Irgendein Rechtsanwalt. Er sagt, er sei der Anwalt deines Vaters. Und er vertritt auch irgendeine Frau. Sie sagt, ihr Name wäre Aria und sie wäre deine Kusine.“

<Aria? Nennt man so, oder so ähnlich, nicht die Lieder, wie man sie in der Oper singt?>

Rachel zuckte die Achseln mit der ihr eigenen ungeduldigen ‚Bist-du-blöd?-Hör-gefälligst-zu!'-Art. „Wen kümmert es, was ihr Name bedeutet?"

<Meine Kusine? Mit wem, sagt sie, sei sie verwandt? Ich meine, wer sind ihre Eltern?>

„Ich hab sie nicht unbedingt ins Kreuzverhör genommen", erwiderte Rachel schnippisch.

Ich lachte. Fragt mich nicht, warum, aber Rachel stinkig zu sehen, bringt mich immer wieder zum Lachen.

„Die Info über die Frau stammt aus zweiter Hand", erklärte Rachel. „Von Chapman."

Das tötete jede Heiterkeit, die ich verspürte. Chapman ist der Vizedirektor an meiner Schule. Oder was früher mal meine Schule war. Er ist außerdem ein hochrangiger Controller. Ein infizierter Mensch, der von dem Yirk in seinem Kopf vollkommen versklavt wurde.

<Chapman?>, fragte ich barsch. <Was hat er damit zu tun? Hat er dich eigens befragt?>

Sie schüttelte den Kopf – eine Bewegung, bei der ihre langen, blonden Haare über die Schultern flossen. „Nein. Er hat seine Tochter Melissa gefragt, ob sie irgendwas über Tobias wüsste. Ich war bloß zufällig dabei."

<Ich trau der Sache nicht.>

„Niemand traut hierbei jemandem", sagte Rachel. „Marco, dem ich das erzählte, hatte gleich einen fetten Anfall von Verfolgungswahn. Aber meine bescheidene Meinung ist, dass es ganz plausibel klang. Ich meine, vielleicht weiß Chapman mehr, als er seiner Tochter auf die Nase bindet, aber ich hatte nicht den Eindruck, dass er sich für irgendjemand anderen aus unserer Gruppe interessierte.“

<Das stinkt trotzdem. Marco liegt richtig mit seiner Paranoia. Die Sache stinkt.>

Rachel lachte. „Absolut. Chapman kam so an mit ‚Tobias fehlt seit Monaten in der Schule. Ich habe seine letzte Adresse kontaktet und sein Vormund sagte, er habe geglaubt, dass er sich bei irgendeiner anderen Tante aufhielt.‘“

<Ja, gut, so ist eben meine so genannte Familie, okay>, sagte ich mit gespielter Fröhlichkeit. Meine Eltern sind inzwischen wahrscheinlich beide tot. Früher wurde ich immer zwischen einem Onkel und einer Tante herumgereicht. Er war ein Säufer und ihr war einfach alles egal.

Niemand wollte mich haben. Ich sage das nicht, um Mitleid zu heischen; es ist bloß die Wahrheit. Ich konnte es ihnen nicht verübeln, schätze ich. Sie hatten nämlich nicht darum gebeten, aus heiterem Himmel ein Kind zu bekommen. Und als ich mit der Animorphmission verschwand, hatte vermutlich keiner von beiden lange nach mir gesucht.

„Hör zu, ich weiß, wo dieser Anwalt sich eingemietet hat“, fuhr Rachel fort. „Jake sagt, wir stehen alle parat, um dem mal auf den Zahn zu fühlen.“

<Muss ’ne Falle sein>, sagte ich. <Der Anwalt meines Vaters? Das macht keinen Sinn. Als meine Mutter ver-

schwand und mein Vater starb, gab es kein Testament oder so.>

„Ich weiß nicht, was ich dir sagen soll“, sagte Rachel.

<Der Anwalt meines Vaters. Und irgendeine Frau namens Aria, die angeblich meine Kusine ist. Das ist eine Falle. Irgendwer ist dahinter gekommen, wer ich bin.>

Rachel nickte, aber nicht so, als würde sie mir voll zustimmen. „Möglich. Wahrscheinlich. Aber ich tippe mal drauf, dass diese Frau die ganze Zeit über in Afrika war. Sie ist zurückgekehrt und hat herausgefunden, dass niemand wusste, wo du steckst. Daraufhin hat sie wohl zu diesem Anwalt deines Vaters Kontakt aufgenommen. Ihm und Chapman hat sie erzählt, sie wolle dich bei sich aufnehmen.“

<Mich aufnehmen?>

„Dir ein Heim geben, Tobias. Ein Zuhause.“

KAPITEL 4

Der Name des Rechtsanwalts war DeGroot. Sein Büro machte nicht viel her. Es lag in einer von diesen Ladenzeilen, wo sich am einen Ende ein Supermarkt und am anderen ein Büro der Staatlichen Bauernversicherung befindet.

Es sah nicht aus wie ein Ort, wo man eine Falle auslegte. Aber mit Fallen ist es so eine Sache: Wenn sie wie Fallen *aussähen,* wären sie nicht sehr wirkungsvoll.

Und die Lokalität stellte uns vor ein großes Problem: Hier war nirgends Platz, um irgendwelche großen Morphs wie Jakes Tiger oder Rachels Grislibären durchzuführen.

Hinter dem Gebäude fanden wir endlich einen eingezäunten Müllcontainer. Zwischen ihm und der Hausrückwand gab es einen schmalen Spalt. Genügend dunkel und verbaut, um morphen zu können.

Aber ich zögerte, während ich über dem Gebäude schwebte, getragen von dem herrlichen Aufwind, der von der Sonne auf dem Beton hervorgebracht wurde. Ich konnte durch das vordere Fenster des Anwaltsbüros spähen. Ich sah eine Sekretärin an einem Schreibtisch sitzen.

Im Wartezimmer lagen einige alte Zeitschriften auf Tischen herum. Von diesem DeGroot keine Spur.

Egal. Das Gesicht eines Mannes zu sehen, verrät einem nicht viel. Nicht, wenn das Wichtigste an ihm die Yirk-Schnecke ist, die sich um sein Gehirn gewunden hat und sich dort versteckt hält.

Ich blickte um mich und sah einige der anderen. Jake und Cassie saßen im Freien auf Bänken vor einem Taco Bell-Lokal über die Straße. Jake futterte Nachos und sah an Cassie vorbei zu mir. Er wusste, dass ich ihn sehen konnte. Ich machte einen kleinen Schlenker, wisst ihr, nach links und rechts schaukelnd, um ‚Hi' zu sagen. Er hob seinen Nacho in meine Richtung hoch, als würde er mir zuprosten.

Ich sah Marco aus dem Supermarkt kommen, mit einem Drink, in dem ich hätte baden können. Er tat so, als hätte er soeben Ax bemerkt – in Menschengestalt natürlich –, und trabte rüber, um Hallo zu sagen.

Rachel konnte ich nicht sehen. Aber ich wusste, sie war im Waschsalon neben dem Anwaltsbüro. Sie war mein wichtigster Rückhalt. Wenn ich um Hilfe rief, würde sie auf die Toilette des Waschsalons verschwinden, sich in den Grislibären morphen und direkt durch die Wand reinkommen, um mich zu retten.

Ich bedauerte jede arme Seele, die zufällig gerade diese Toilette benützte, wenn Rachel sie brauchte.

Jeder war auf dem Posten. Alles war bereit.

Trotzdem zögerte ich noch. Nicht, weil die Situation mich beunruhigte. Nicht, weil ich Angst hatte. Es ist sehr tröstlich zu wissen, dass man einen Grislibären auf Abruf stehen hat. Nein, hauptsächlich deshalb, weil ich nervös war. Was würde ich entdecken? Was würde ich erfahren? Welchen Versuchungen würde ich mich stellen müssen?

Seltsames Wort, Versuchungen. Merkwürdiger Begriff. Aber das beunruhigte mich am meisten. Versuchung.

Okay, Tobias, sagte ich mir, *jeder kann sehen, dass du rumtrödelst. Bring's hinter dich.*

Ich strich im Tiefflug über das Dach der Ladenzeile und steuerte rasch die Lücke hinter dem Müllcontainer an. Ein feines Plätzchen: Bierdosen, vergammelte Doritotüten, Bonbonpapierchen, Zigarettenstummel.

Ich landete auf modrigem Abfall und spärlichem Gras. Und dann begann ich mich zu morphen.

Wisst ihr, es ist schon komisch. Denn wenn Jake oder einer der anderen in menschliche Gestalt wechselt, so ist das ein Zurückmorphen. Aber für mich ist der Mensch nur eine weitere Tiergestalt, die ich annehmen kann. Menschliche DNS fließt in meinen Adern. Meine eigene menschliche DNS – dank einer großmütigen Tat des Ellimisten, jenem unfassbar allmächtigen Wesen.

Auf einem unserer ersten Einsätze wurde ich in dem Bussardkörper gefangen, den ich nun als meinen eigenen betrachtete. Einige Monate danach benützte mich der Ellimist, um mehreren freien Hork-Bajirs die Flucht zu ermöglichen. Der Ellimist bezahlte mich für meine Dienste. Aber wie bei diesem unergründlichen Wesen nicht anders zu erwarten, kam alles ganz anders.

Ich hatte ihn gebeten, mir das zu geben, was ich mir am sehnlichsten wünschte. Ich hatte angenommen, er würde mich wieder in einen Menschen rückverwandeln. Stattdessen ließ er mich in Bussardgestalt, gab mir jedoch meine Fähigkeit zu morphen zurück. Und mit Hilfe eines Zeitsprungs brachte er mich mit meinem früheren Ich zusammen und lies mich meine ‚eigene' DNS übernehmen.

Ich durfte wieder meine frühere menschliche Gestalt annehmen. Nun konnte ich für jeweils zwei Stunden jener Menschenjunge sein und dabei meine Fähigkeit zu morphen behalten. Oder ich konnte länger als zwei Stunden warten. Dann aber würde ich für immer ein Mensch sein und meine Morphfähigkeit auf ewig verlieren.

Ax' Volk, die Andaliten, wissen einiges über die Rasse beziehungsweise über das Individuum namens <Ellimist>. Niemand kann mit Gewissheit sagen, ob es nur einen einzigen gibt oder viele oder ob das überhaupt eine Rolle spielt. Jedenfalls erzählen die Andaliten Märchen von den Ellimisten. In ihren Augen sind sie Betrüger. Unzuverlässig. Wesen, die ihre Macht in unberechenbarer Weise gebrauchen. Nun, der Ellimist hatte mich reingelegt. Er ließ mich zwischen zwei unmöglichen Alternativen hängen: ein Mensch zu werden und kein Animorph mehr zu sein. Oder das Leben zu führen, das ich jetzt habe.

All das schoss mir durch den Kopf, während ich mich auf die geplante Verwandlung zu konzentrieren begann. Ich fühlte den Groll, den ich oft gegen den Ellimisten empfunden hatte. Noch schlimmer aber wog, dass ich meine eigene Unsicherheit spürte.

Langsam zunächst, weil mein Geist verwirrt war, dann aber schneller, als ich mich konzentrierte, vollzog sich die Verwandlung meines Körpers. Ich wurde größer. Meine scharfen Klauen wurden stumpf; aus ihnen wuchsen dickliche rosa Zehen. Meine ledrigen Beine sprießten aus ihren Federhosen und wurden dicker. Ich hörte, wie die Knochen sich streckten, massiver wurden.

Ich fühlte – obgleich es mir so vorkam, als würde es weit entfernt passieren –, wie meine inneren Organe sich verlagerten und umwandelten. Es war ein wibbeliges, beinahe Ekel erregendes Gefühl. Was nicht schlecht war angesichts der gesamten bizzaren Transformation, die mit mir ablief. Meine Flügelknochen wurden dicker, schwerer. Aus den Federn wuchsen Finger; gleichzeitig rollten und verdrehten sich am ganzen Körper die Federn und verschwanden ganz. An ihrer Stelle erschien rosa Haut und dazu die Minimalbekleidung, die ich in meinen Morph erfolgreich einzufügen gelernt hatte.

Mein Schnabel wurde weich und verschmolz allmählich zu Lippen. Zähne erschienen in meinem Mund mit einem mahlenden, störenden Geräusch, das meinen expandierenden Schädel in Schwingungen versetzte.

Mein Gehör wurde immer verwirrter. Meine Augen wurden trüb. Es war, als würde alles, was mehr als zehn Meter weit weg war, unwichtig werden. Meine Augen konzentrierten sich nicht mehr automatisch auf weit ent-

fernte Dinge, sondern zogen es vor, die Dinge aus der Nähe zu betrachten.

Ich fühlte mich nackt ohne meine Federn. Ich fühlte mich taub und blind. Es war, als hätte jemand bei einem alten Fernseher an den Reglern für ‚Helligkeit' und ‚Kontrast' herumgespielt und sie beide auf halb runtergedreht und dann noch den Ton auf Flüsterlautstärke abgesenkt. Menschliche Sinne funktionieren zufriedenstellend für das, was Menschen tun. Aber im Vergleich zu einem Bussard ist ein Mensch taub, blind und hilflos.

Am schlimmsten war die bleischwere Erdanziehungskraft. Nicht, dass ein Bussard keine Schwerkraft kennen würde. Sie ist bloß nicht so … *endgültig,* wenn man Flügel hat. Ich hatte das Gefühl, als hätte mich jemand aus Eisen neu geschaffen und die Erde wäre ein einziger Magnet.

Rachel hatte hinter dem Müllcontainer eine Papiertüte mit geeigneten Klamotten deponiert. Ich zog sie an, so flink es meine ungewohnten Finger schafften. Dennoch sind selbst plumpe Finger ein Wunder. Wenn der Mensch einen großen körperlichen Vorzug gegenüber einem Greifvogel besitzt, so ist es seine Hand.

Ja, Menschenhirne sind die besten, die es gibt. Aber das Gehirn wäre nichts ohne diese Hand.

Ich prüfte meine Kleidung. Sah auf meine Schuhe runter. Fuhr mit der Zunge am Gaumen entlang und spürte das barbarische Gefühl großer, knochiger Zähne. „Hallo", sagte ich, um meine Stimme auszuprobieren. „Hi. Hi. Mein Name ist Tobias."

KAPITEL 5

„Hallo. Mein Name ist Tobias. Ich …“

Ich stockte. Die Sekretärin blickte mich skeptisch an. Als wenn ich vielleicht mit der Absicht reingekommen wäre, einen Vierteldollar für das Videospiel im Supermarkt zu schnorren. „Ich heiße Tobias.“ Und ich sagte meinen Nachnamen. Seltsam. Ich konnte mich kaum daran erinnern. Es kam mir so vor, als würde ich einen Decknamen verwenden. „Ich glaube, Mr DeGroot wollte mich sprechen.“ Sie war verwirrt. Ich warf einen Blick auf ihr Namenschildchen. Ingrid.

„Man spricht es De*Groot.* Wie in Boot.“

„Oh.“

„Lass mich kurz bei Mr DeGroot rückfragen.“ Sie nahm den Hörer ab und drückte einen Knopf. „Mr DeGroot, bei mir steht ein Junge namens Tobias … Er sagt – oh. Ja, gut.“ Sie legte den Hörer auf.

„Ich glaube, er möchte die tatsächlich sehen“, gestand sie. „Gleich durch die Tür dort.“

Ich überprüfte die Tür. Fein. Das Büro des Anwalts lag immer noch Wand an Wand mit dem Waschsalon. Wenn ich zu schreien anfing, bräuchte Rachel ungefähr drei Minuten, um sich zu morphen und durch die Wand zu kommen. Drei Minuten sind eine sehr lange Zeit, wenn man nicht mal fliegen kann.

Ich benützte die Türklinke. Ja, menschliche Hände waren echt cool. Als Vogel hätte ich bei der Klinke total aufgeben müssen.

DeGroot war jünger, als ich angenommen hatte. Eher noch Twen oder so in den Dreißigern, statt wirklich alt. Er trug ein weißes Hemd und rote Hosenträger. Sein Jackett lag lässig über einem Stuhl.

Er sprang auf und lächelte.

„So, *du* bist also Tobias."

„Ja. Der bin ich."

Er musterte mich von Kopf bis Fuß. Ich tat das Gleiche mit ihm.

„Ich hatte gehofft, dich aufzuspüren, Tobias. Setz dich, bitte. Möchtest du ein Glas Wasser? Einen Sprudel? Kaffee? Nein, ich schätze, in deinem Alter trinkst du noch keinen Kaffee. Ein Mineralwasser? Wir haben Cola, Diätcola. Und vielleicht haben wir noch etwas Dr. Brown's Cream Soda. Ich lass das mal von Ingrid überprüfen."

Wenn er vorhatte, eine Knarre zu zücken und mich zu erschießen oder wenn er darauf wartete, dass Visser Drei durch die Tür gestürmt käme, dann tarnte er sich sehr gut. Ich entspannte ein wenig. Aber ich war durcheinander. Wasser? Kaffee? Soda? Was war die korrekte Antwort?

„Ähm ... ähm ..."

Du liebe Güte. Ich fühlte mich wie bei einer TV-Show, in der man Millionär werden kann, und die Kategorie lautete ‚Obskure Dichter der Moderne'. Ich war mit dem Menschsein so sehr aus der Übung.

„Ich möchte eine Cola!", schrie ich fast.

DeGroot drückte auf eine Taste seiner Gegensprechanlage.

„Ingrid, unser junger Freund hätte gern –"

„– eine Cola. Ja, ich hab's gehört. Bis nach draußen."

Der Anwalt und ich starrten uns an, bis die Cola kam. Selbstbewusst packte ich die Dose und drückte sie an meinen Schnabel. Pardon, Lippen.

Es war lange her, seit ich das letzte Mal Süßes geschmeckt hatte. Ich prustete fas los vor Vergnügen. Wie bei Ax, wenn er in seinem Menschenmorph ist. Der Geschmack von Zucker war überwältigend! Und diese Kühle. Ich hatte seit Ewigkeiten nichts Kaltes im Mund gefühlt.

„Tobias, wo bist du gewesen? Deine gesetzlichen Vormunde nahmen offenbar beide an, du wärst jeweils beim anderen."

Keine Frage, die ich beantworten wollte. „Ich sorge für mich selbst."

DeGroot lächelte. „Zweifelsohne. Aber du bist minderjährig. Du kannst nicht *für dich selbst sorgen.* Jedenfalls nicht legal."

„Sie können mich nicht einsperren", sagte ich. Das stimmte wörtlich. Ein Aspekt des Animorphlebens: Kein

Heim, kein Gebäude, keine Schule, keine Besserunganstalt und kein Gefängnis konnten mich festhalten.

Der Anwalt guckte säuerlich. „Davon rede ich gar nicht."

„Schön, wovon reden Sie dann?"

Das schien ihn etwas zu irritieren. Schon komisch. Ich zeigte eine Härte, wie ich sie als Mensch nie besessen hatte. Denn da zog ich Schlägertypen magnetisch an, als Opfer.

„Also, es geht um Folgendes. Ich bin der Nachlassvertreter deines Vaters."

„Mein Vater ist tot."

„Tobias …" Er beugte sich über seinen Schreibtisch. „Dein Vater, dieser Vater, der Mann, der gestorben ist? Er war möglicherweise nicht dein *leiblicher* Vater."

„Was?"

„Mir liegt eine Urkunde vor … das ist eine merkwürdige Sache. Sehr merkwürdig. Hör zu, Tobias, ich will ganz offen zu dir sein. Mein eigener Vater hat früher dieses Büro geleitet. Er ist ebenfalls verstorben. Und er hinterließ dieses Dokument zusammen mit den übrigen Akten seiner Mandanten. Aber auf dem hier hat er exakte Anweisungen für mich notiert. Ganz präzise. Sofern überhaupt möglich, sollte dir an deinem nächsten Geburtstag das Testament des Mannes, der vielleicht dein Vater war, vorgelesen werden."

Ich wusste nicht, was ich sagen sollte. Wenn das eine Falle war, dann aber eine verrückte.

„Geht's dir gut? Du wirkst gar nicht überrascht."

Nein, tat ich nicht, wie ich mit einiger Verspätung merkte. Ich hatte meine Mimik völlig vergessen. Als Bussard kannte ich kein Mienenspiel.

„Ich bin überrascht", sagte ich und verzog dabei mein Gesicht zu einem, wie ich hoffte, erstaunten Ausdruck. Aber dann dämmerte mir, dass ich vor einem neuen Problem stand: Er hatte gesagt, er würde mir das Dokument an meinem nächsten Geburtstag vorlesen.

Wann hatte ich Geburtstag? Ich konnte ihn ja schlecht danach fragen.

„Nun gibt es plötzlich neue Komplikationen. Eine Frau namens Aria, die vorgibt, deine Kusine zu sein. Die Tochter deiner Großtante. Offenbar hat sie erst kürzlich von deiner Situation erfahren. Sie ist eine überaus erfolgreiche Naturfotografin und hatte einen langfristigen Auftrag in Afrika. Sie will dich kennen lernen."

„Warum?"

„Du gehörst zur Familie. Sie möchte dir helfen."

„Oh."

„Sie würde dich gern morgen treffen. Und zwar in dem Hotel, wo sie wohnt. Wenn du nichts dagegen hast. Es ist das Hyatt in der City. Weißt du, wo das ist?"

Ich hätte sagen können, ja, ich bin mit dem Dach dort vertraut. Ein Wanderfalke hat da ein Nest in einer Nische. Und die Thermik vor der Südfront des Gebäudes ist genial. Warmluft, die von der Straße hochsteigt, wird durch das von den vielen Fensterscheiben reflektierte Sonnenlicht erst richtig aufgeheizt.

Stattdessen sagte ich: „Ja, ich weiß, wo das ist."

„Sie ist sehr besorgt um dich."

„Aha."

„Brauchst du Geld? Einen Platz zum Übernachten?"

„Nein, mir geht's gut."

Er zuckte zweifelnd die Achseln. „Du siehst ziemlich gesund aus. Und gut gekleidet bist du auch."

Ich musste fast lachen. Rachel hatte meine Garderobe ausgesucht. Ich sah aus wie eine Posterboy.

„Ich komme schon klar. Äh … wann, sagten Sie, werden Sie mir dieses Dokument vorlesen?"

„An deinem Geburtstag."

„Ah. In Ordnung. Tschüss."

KAPITEL 6

Mein Geburtstag. Wann war der? In diesem Monat?

Welchen Monat hatten wir überhaupt?

Ich verließ das Büro und schlappte zum Supermarkt. Ax und Marco vermieden es gewissenhaft, von mir Notiz zu nehmen. Ax' menschliches Morphgesicht war mit etwas verschmiert, bei dem ich nur hoffen konnte, dass es sich um Schokolade handelte.

Ich sah sie nicht mal an. Kein Nicken, kein Zuzwinkern, nichts. Falls wir verfolgt wurden, würde uns die kleinste Kleinigkeit verraten. Als Signal für ‚Gefahr' hatten wir vereinbart, dass ich zur Theke mit den Donuts ging und reinschaute. Das Signal für ‚okay' war, dass ich einen Schokoriegel in die Hand nahm und wieder zurücklegte.

Ich spielte mit dem Schokoriegel. „Willst du den haben?", fragte der Typ an der Theke.

Ax und Marco zogen ab. Ich ging zum Zeitungsständer, um das Datum zu checken. Den Monat. Ja, es war mein Geburtsmonat. Heute war der Zweiundzwanzigste. Und Geburtstag hatte ich ... am Fünfundzwanzigsten! Ja. So war es. Wahrscheinlich.

Ich wartete, bis Marco und Ax weg waren, dann ging ich nach draußen. Ich blinzelte in die Sonne und wollte beinahe mit meinen Flügeln schlagen.

Mein Vater! Mein Vater war nicht mein Vater? Es gab irgendwo einen *richtigen* Vater? Auch tot oder nur abgehauen? Das sind schon eine Menge Zufälle, dachte ich. Und dann taucht plötzlich einige Tage, bevor mir der letzte Wille dieses ‚Vaters' vorgelesen werden soll, irgendeine lang verschollene Kusine auf?

Viel zu viele Zufälle.

Ich lief los. Mein Ziel war der nahe Park, wo ich mich an einer zuvor vereinbarten Stelle zurückmorphen wollte.

Auf halbem Weg hörte ich Jakes Gedankenstimme in meinem Kopf. <Ich glaube, es folgt dir jemand. Ein großer Kerl in einem Anzug.>

Ich rätselte nicht groß, wo Jake war. Irgendwo oben am Himmel, wo er frei herumkurvte.

Wir hatten für diesen Fall vorgesorgt. Ich schaute über die Straße und sah einen Burger King und einen Pizza Hut. Letzteren steuerte ich an.

Durch das Verkehrsgewühl. Ich legte einen Zahn zu, als hätte ich plötzlich bemerkt, dass ich Hunger hatte.

<Ja. Er folgt dir>, meldete Jake.

Zur Vordertür von Pizza Hut rein. Schnell, schnell, Richtung Herrentoilette, bevor mein Beschatter mich wieder entdecken konnte.

Dann ein rascher Schwenk nach links, an den Klos vorbei und rein in die Küche.

Kellner und Kellnerinnen liefen herum und schubsten, lachten und riefen. Die Köche klapperten mit Geschirr. Ich zwängte mich an der Spülmaschine vorbei und suchte nach dem Hinterausgang.

„He, wenn du die Toiletten suchst …“, rief jemand, als ich vorbeiflitzte.

Zur Hintertür raus. Ich fing jetzt an zu rennen. Hinter dem Restaurant war eine Anliegerstraße mit kleinen Häusern. Ich lief durch eine Gasse, dann bog ich noch mal rechts ab und rannte wieder Richtung Park zurück.

Ich war nicht allzu besorgt. Dieser Jemand mochte ja glauben, er könne mir unbemerkt folgen. Aber ich hatte Augen am Himmel, die über mich wachten.

<Du hast ihn abgehängt>, meldete Jake.

Ich lief weiter Richtung Park. Dort gab es so ein halboffenes WC-Häuschen. Ihr wisst schon, mit einem Dach, nur dass die Wände nicht bis ganz hochreichen.

Ich fand eine leere Kabine und wartete.

<Tobias, die Luft ist rein>, sagte Cassie, die ebenfalls unter den Wolken kurvte.

Ich morphte mich in meinen Bussard zurück. Dann flog ich hoch und raus aus der Kabine, weg von den Menschen und zurück in den blauen Himmel.

Erst da traf es mich wie ein Keulenschlag: Eine Frau wollte mich kennen lernen, auf Familie machen. Sich um mich kümmern. Es sei denn natürlich, ihre wirkliche Absicht wäre die, hinter mein Geheimnis zu kommen.

Und mich anschließend zu beseitigen.

KAPITEL 7

Eigentlich hätte ich mich mit den anderen treffen sollen. So war es ausgemacht. Doch sobald ich wieder oben am Himmel war, hatte ich keinen Bock mehr.

Ich wollte nicht da unten rumsitzen und ihnen alles erklären müssen. Wahrscheinlich mochte ich mich auch nicht Cassies Zuversicht, Rachels Besorgnis und Marcos ätzendem Misstrauen aussetzen.

Ich wollte nicht, dass alles bis ins Kleinste analysiert und zerpflückt würde. Ich wusste, wie das ablief. Cassie würde mich auffordern, alles zu erzählen, Wort für Wort und jede Geste, jede Miene. Cassie hat ein erstaunliches Talent, andere Menschen und ihre Beweggründe zu verstehen. Und von DeGroot würde sie so viel wie nur möglich verstehen wollen.

Marco war anders. Er würde kaum hinhören, sondern sich gleich auf alle Probleme und Ungereimtheiten stürzen.

Rachel würde nervös rumtigern und hektisch überlegen, wie man mich in Sicherheit bringen sollte. Jake würde abwarten und in Ruhe zuhören und sich dann seine Meinung bilden.

Ich wollte nicht, dass meine Freunde für mich dachten. Sie sollten nicht über mich bestimmen. Das wollte ich schon allein tun.

Dies war meine Sache. Mein Problem. Meine Hoffnung. Meine Entscheidung.

Ich flog. Flog und flog, immer höher kreisend auf einer mächtigen Thermik, die mir das Gefühl gab, als könnte sie mich mühelos über die Wolken tragen.

Unter und hinter mir sah ich einen Falken, den ich als Jake erkannte. Und eine Kornweihe, die Cassie hieß. Sie sahen mich. Jake zumindest hätte locker zu mir aufschließen können. Aber sie ließen mich in Ruhe. Sie wussten wohl, dass ich nachdenken musste.

Ich kreiste immer höher, bis ich fast gegen den Bauch einer unten abgeflachten Kumuluswolke stieß. Dann setzte ich meine Höhe in Streckenmeter um und hielt auf den Wald zu. Ich steuerte eine ganz bestimmte Stelle darin an, ganz abgelegen, weitab von jedem Weg.

Ich war schon zweimal an diesem Ort gewesen. Einmal, als der Ellimist uns den Weg hierher zeigte. Und einmal, als ich herging, nur um eine erstaunliche Geschichte zu hören. Doch selbst jetzt, wo ich genau wusste, wo der Ort lag, und obwohl ich meine Bussardaugen aufs Höchste konzentrierte und meinen Orientierungsinstinkt sorgsam peilen ließ, hatte ich große Mühe, ihn wiederzufinden.

Nennt es einen Fluch. Der Ellimist hatte damals Folgendes getan: Er hatte diesen Ort mit einem Fluch wie aus dem Märchen belegt, wodurch es jedem bloßen Sterb-

lichen praktisch unmöglich war, ihn zu finden. Die Augen glitten ab. Die Federn spürten keinen Wind wehen. Und die Ohren hörten keinen Laut von dort herkommen.

Es war das Tal der Hork-Bajirs. Der *freien* Hork-Bajirs. Jara Hamee und Ket Halpak waren das Paar, das seinen yirkanischen Sklaventreibern entkommen war. Inwiefern der Ellimist da seine Finger im Spiel hatte … nun, er würde sagen, dass er sich niemals in die Angelegenheiten anderer Rassen einmischte. Aber Jara und Ket waren den Yirks entkommen und dank unserer Hilfe entgingen sie einer erneuten Gefangennahme. Sie hatten sich in diesem verborgenen Tal angesiedelt.

Seitdem waren noch andere nachgekommen. Manche waren Flüchtlinge. Andere wurden in Freiheit geboren.

Dorthin flog ich. Zum Tal der Hork-Bajirs.

Bei meinem letzten Besuch waren sie überrascht gewesen. Diesmal war es anders. Als ich jetzt durch den engen Zugang des Tals flog, sah ich zwei Dutzend Hork-Bajirs dastehen, die erwartungsvoll zum Himmel schauten.

Als sie mich erblickten, begannen sie zu deuten und zu winken. Ich glaubte Jara und Ket zu erkennen. In ihrer Mitte stand das kleine Hork-Bajir-Mädchen, das Toby hieß. Benannt nach mir. Sie war das Kind von Jara und Ket. Und sie war das, was die Hork-Bajirs einen ‚Seher' nennen.

Die Hork-Bajirs sind nicht gerade die Schlauesten der Galaxie. Sie mögen ja aussehen wie Tod und Zerstörung auf zwei Beinen, aber die Klingen, die ihre über zwei Meter großen Körper zieren, dienen dazu, essbare Rinde von Bäumen zu schälen.

Zu diesem Zweck werden sie jedoch von ihren yirkanischen Sklavenhaltern nicht eingesetzt. Die Hork-Bajirs wurden zu den Sturmtruppen des yirkanischen Imperiums gemacht.

Jedenfalls sind die Hork-Bajirs, ob fürchterlich oder süß, keine intellektuelle Rasse. Bis auf die ganz wenigen genetischen Zufälle, die sie ‚Seher' nennen.

Als ich von oben auf die Versammlung der wartenden Hork-Bajirs schaute, entdeckte ich Toby ohne Probleme. Ich hätte sie gefunden, ohne sie überhaupt zu kennen. Der Rest der Gruppe hatte diesen dümmlich-trottelhaften Teletubbies-Ausdruck. Toby dagegen hatte solche Augen, die einen durchbohren konnten und einem das Gefühl gaben, dass man sich am liebsten was Warmes über das Gehirn gezogen hätte.

„Tobias", rief Jara glücklich. „Freund Tobias! Freund."

„Hi, Jara. Hi, Ket. Hallo, Toby."

„Toby sagen, du kommen", sagte Ket und nickte sichtlich zufrieden. „Toby sagen, ‚Tobias wird kommen.'"

„Ja", ergänzte Jara. „Toby sagen, ‚Freund Tobias wird kommen.'"

„Du bist hier", sagte Ket.

Wie gesagt, die Hork-Bajis sind hochanständig und ganz arg freundlich, reizend und großzügig, dafür allerdings etwas weniger geistreich, clever und intelligent. Müsste Marco einen Tag bei den Hork-Bajirs verbringen,

er würde den Verstand verlieren und schreiend davonlaufen auf der Suche nach jemandem, irgendwem, der einen einfachen Witz kapiert.

Ich landete auf einem flachen Ast, gerade einen Viertelmeter über ihren bizarren, nach vorn gerichteten Kopfklingen. „Warum habt ihr mich erwartet?"

„Wir brauchen dich, Tobias", sagte Toby.

Ich seufzte insgeheim. Ich wollte nicht gebraucht werden. Ich wünschte mir etwas Ruhe und Frieden und eine Möglichkeit zum Nachdenken.

Aber dieses Gefühl verpuffte in dem Augenblick, als Toby erklärte: „Eines der Kinder, ein Junge namens Bek, wird vermisst. Er hat das Tal verlassen. Wir befürchten, dass er von Menschen oder Human-Controllern gefangen genommen worden sein könnte. Dass man ihm vielleicht etwas angetan, ihn getötet oder noch schlimmer: zu einem Controller gemacht hat."

KAPITEL 8

Wenn ich mich früher down fühlte, ging ich zum Tal der Hork-Bajirs. Schließlich halten sie mich für ihren Befreier. In ihren Augen bin ich so etwas wie George Washington. Es fällt schwer, sich unter solchen Umständen nicht gut zu fühlen.

Anscheinend sollte der heutige Besuch jedoch anders verlaufen.

„Habt ihr das gesamte Tal abgesucht?“, fragte ich.

„Ja. Absuchen“, sagte Jara. „Suchen und suchen.“

„Rufen ‚Bek, Bek!‘“, ergänzte hilfsbereit ein anderer Hork-Bajir.

„Bek, Bek!“, bestätigte auch Ket.

„Bek ist nicht in dem Tal“, sagte Toby. „Ich … wir haben Spuren gefunden, die aus dem Tal hinausführen. Die richtige Größe für einen Hork-Bajir seines Alters.“

Ich sagte mehrere Worte, die ich nicht wiederholen kann. Jara Hamee wollte wissen, was sie bedeuten. „Egal“, sagte ich. Ich konnte es nicht glauben. Ein Hork-Bajir-Kind wurde vermisst! Streunte allein durch die Wälder. Oder schlimmer: schon nicht mehr allein.

<Wie lange ist er denn schon fort?>

„Seit gestern um diese Zeit“, sagte die junge Seherin.

<Oh, Mann. Ich muss zurück zu den anderen. Wir werden eine Suchaktion anleiern. Aber ich schätze, unsere Chancen stehen nicht sehr gut.> Plötzlich kam mir ein Gedanke. <Glaubt ihr, Bek könnte Leute hierher führen? Wäre er in der Lage, zurückzufinden? Der Ellimist hat diesen Ort nämlich mit irgendeinem abartigen Zauber belegt.>

Toby schaute misstrauisch. „Nein, Bek würde nicht mehr zurückfinden. Aber wir schon.“

Ich machte große Augen. <Was meinst du damit? Ihr verlasst das Tal?>

„Ja, Tobias. Wie sollen wir sonst unsere Brüder und Schwestern befreien?“ Sie umarmte die Gruppe symbolisch mit jener ausladenden Handbewegung. „Wie hätten denn diese Hork-Bajirs sonst die Freiheit erlangt?“

<Ich … ich hab einfach angenommen, der Ellimist hätte das so gedeichselt.>

Toby setzte das Furcht erregende Hork-Bajir-Grinsen auf. „Wir sorgen dafür, dass es geschieht. Wir ziehen bei Nacht los und überfallen Orte, von denen wir wissen, dass dort Hork-Bajirs sind.“

<Den Yirkpool?>, fragte ich ungläubig.

Toby schüttelte den Kopf. „Tobias, wir verdanken dir viel.“

„Freiheit“, sagte Ket Halpak feierlich. „Hork-Bajirs frei. Tobias frei machen.“

<Aber?>, hakte ich etwas spöttisch nach.

„Aber … aber der Ort, wo wir Hork-Bajirs befreien, ist eine geheime Anlage der Yirks, die noch im Bau ist. Nicht in deiner Stadt. In einer Menschenstadt jenseits des Tals. Tobias … es ist für uns sehr wichtig, die Befreiungsaktionen für unsere Brüder und Schwestern fortzusetzen. Wir sind nur wenige. Wir müssen viele werden. Um die Yirks zu bekämpfen. Außerdem …“ Sie sprach den Satz nicht zu Ende.

<Un. Glaub. Lich>, sagte ich. <Ihr ‚Seher‘ seid wahrscheinlich aus anderem Holz, nicht war?>, sagte ich lächelnd. <Du kannst den Tag, wo die Yirks endlich besiegt sind, kaum erwarten, stimmt's?>

Toby guckte stolz. „Wir Hork-Bajirs vertrauten einmal darauf, dass die Andaliten uns vor den Yirks retten würden. Sie haben versagt. Die Andaliten haben nur nach sich selbst geschaut. Wir müssen das Gleiche tun. Wir sind den Menschen, die sich Animorphs nennen, dankbar. Aber willst du sagen, wir sollten darauf vertrauen, dass alle Menschen uns helfen würden? Wir müssen uns selbst helfen. Und wir müssen so viele wie möglich werden.“

Tja, da hatte sie mich kalt erwischt. Es war zwar nur zu hoffen, dass der Tag kommen würde, wo die Yirks geschlagen wären, doch dann würden wenige Hork-Bajirs auf der Erde zurückbleiben. Was sollte mit ihnen geschehen? Die Menschen hatten nicht eben eine makellose Chronik der Toleranz für andere Rassen. Schließlich war dieses Tal, bevor es den Hork-Bajirs zufiel, vermutlich von indianischen Ureinwohnern besiedelt gewesen. <Du fürchtest, wenn ich von diesem geheimen Bauprojekt der Yirks erst mal weiß, werden meine Freunde und ich es angreifen – und am Ende auch andere Menschen? Und damit würden sie die dort gefangenen Hork-Bajirs töten?>

„So ist es."

<Glaubst du, Bek könnte dorthin gegangen sein?>

„Das wissen wir nicht. Vielleicht ist er den Duftspuren gefolgt, die unsere Plünderer hinterlassen haben." In ihrer Stimme schwang Zweifel mit. „Möglich wäre das. Aber er hat das Tal nicht von diesem Ende aus verlassen."

<Ah. Super. Perfekt. Weißt du, ich bin hier raufgekommen in der Absicht, mal etwas auszuspannen.>

Die Seherin lächelte. „Wenn du versprichst, den Ort nicht zu zerstören, werde ich dir zeigen, wie du hinkommst."

Ich seufzte. <Ich muss mit Jake und den anderen reden. Jake wird sich diese Anlage vorknöpfen wollen.>

Toby wollte etwas sagen, doch ich unterbrach sie. <Du hast mein Wort, dass wir nichts unternehmen, außer mit deiner Zustimmung. Um Jake kümmere ich mich. Inzwischen fangen wir woanders mit der Suche an. Aber sei bereit für den Fall, dass ich zurückkomme. Denn wenn ich zurückkomme, heißt das, dass ich dich brauche.>

Es war Ket, der nun vortrat. Toby mochte ja das Gehirn sein, aber Jara und Ket waren das Herz dieser kleinen Gemeinschaft. Ket streckte seine mächtige, gefährliche Pranke aus, die Handfläche nach oben, und ich hüpfte rein.

Er hob mich an sein Koboldgesicht hoch und sprach: „Hork-Bajirs bitten Tobias. Hork-Bajirs soll es geben. Immer. Für alle Zeit. Ket Halpak niemals vergessen.“

Toby nickte zustimmend.

Nun, ich hatte ja nichts anderes vor. Den Leuten gefällt es, wenn man sich ordentlich reinknien muss, um jemanden zu retten.

KAPITEL 9

Am Morgen. Die Wiese.

Meine Wiese.

Da war er wieder, der fremde Bussard. Er zog tiefe Kreise über der Wiese. Seine Augen spähten nach unten auf der Suche nach einem Frühstück.

Ich wusste, er sah mich, denn wenn unsere Rollen vertauscht wären, würde ich ihn auch sehen.

Er fragte sich, warum … Nein, stimmt nicht. Er überlegte nicht. Denn es war ein echter Rotschwanzbussard. Und die zerbrechen sich nicht den Kopf. Die Frage nach dem ‚Warum' ist allein auf den Menschen beschränkt. Zumindest auf der Erde ist das so. Nur der Homo sapiens fragt nach dem Grund. *Buteo jamaicensis* – wie der Rotschwanzbussard in der Fachsprache heißt – stellt keine Fragen.

Er sah mich. Er wusste, dass ich eine Bedrohung darstellte. Er beobachtete. Und lauerte. Er erwartete meinen Angriff. Wenn mein Angriff käme, würde er kämpfen. Und wenn ich ihn nicht angriff, würde er auf mich losgehn. Es würde einen ‚Showkampf' werden – bluffen und drohen und sehen, wer als Erster floh. Es konnte aber auch auf einen ganz realen Kampf hinauslaufen.

Ich sah, wie er geschwind auf irgendein Ziel hinabstieß. Ein paar Sekunden später kam er wieder in mein Blickfeld hochgeflogen. Seine Fänge waren leer. Nichts gefangen.

Nicht genügend Beute auf der Wiese. Nicht genug für uns beide. Einer von uns musste verschwinden. Oder wir würden beide verhungern.

Ich saß auf meinem Ansitz und bemerkte das Zucken im Gras, welches mir verriet, dass ein Kaninchen seinen Bau verließ. Wir alle müssen essen. Auch Kaninchen.

Mein Gegner war zu weit weg und dazu hockte er im falschen Winkel, um zu sehen, was ich sah. Ich öffnete meine Flügel und strich aus dem Schatten ab.

Diesmal würde ich eines der Kaninchen erwischen. Diesmal würden sich meine Fänge um zappelndes, lebendes Fleisch schließen.

Diesmal würde das Karnickel sterben, damit ich leben konnte.

Ich sah sie! Ja! Die Mutter und eines ihrer Kinder. Genau meine Größe, die ideale Beute. Das Junge bewegte sich langsam, achtlos, anders als die gewiefte Mutter.

Ich näherte mich ihnen in einem perfektem Gleitflug. Für die Mutter befand ich mich im toten Winkel. Ich spreizte meine Klauen, streckte sie vor. Dann trimmte ich meine Flügel- und Schwanzfedern optimal, um das kleine Kaninchen bei seinem nächsten unachtsamen Hüpfer zu schnappen.

Jetzt! Jetzt! Jetzt! Runter und zuschlagen!

<Aaaahhhh!>

Wieder hatte die Vision von meinem Geist Besitz ergriffen.

Ich war das Kaninchen, nicht der Bussard!

Ich sah die Fänge! Zu spät! Ich versuchte wegzuhoppeln, blieb jedoch in Panik wie angewurzelt stehen. Ich zitterte vor Angst. Ich sah den Tod vom Himmel herabkommen, konnte mich aber nicht mehr rühren.

<Neeeiiiin!>, kreischte ich und brach ab. <Neeeiiiin!>

Ich flog auf und davon und die grauenhafte Vision verblasste. Das Kaninchenbaby hoppelte an die Seite seiner Mutter.

<Was ist denn nur los!>, rief ich in einen leeren Himmel.

<Was passiert da mit mir?>

KAPITEL 10

„Sag mir nur eins“, schimpfte Marco. „Wann kriegen wir mal Urlaub? Da hat ja sogar Ben Hur mehr Freizeit gehabt, als er auf dieser römischen Galeere ruderte, während ihn der eine Kerl auspeitschte und der andere auf diese große Trommel wummerte.“

Wir waren in Cassies Scheune. Es war am nächsten Tag, nachdem die anderen aus der Schule zurückgekommen waren. Ich hockte im Dachgebälk, an meinem Stammplatz. Von dort konnte ich durch die Heuluke hinausspähen, um Cassies Haus mitsamt der Zufahrt zu überblicken. Und ich konnte auf Geräusche von draußen achten. So konnte ich wissen, ob sich irgendjemand an uns heranschlich.

„Unser Leben ist zu einem Nintendospiel geworden“, fuhr Marco fort, der den Klang seiner eigenen Wut genoss. „Ständig laufen wir irgendeinen dunklen Gang runter, eine endlose Vielfalt von Feinden vor uns. Wir pusten sie in die Luft, aber sie kommen immer wieder. Wann können wir endlich mal die Pausetaste drücken? Wann dürfen wir mal zu einem netten, friedlichen Pacman umschalten?

Wann können wir den Saft abstellen, den Joystick hinlegen und uns einfach verkrümeln? Wann können wir –"

„Wann können wir endlich mal die Klappe halten?", unterbrach ihn Rachel. „Wann können wir *dich* abschalten? Ja, du liebe Güte, Marco, du benimmst dich, als hättest du was Besseres zu tun. Bevor wir Animorphs wurden, bestand dein ganzer Tag darin, zu überlegen, welchem Mädchen du als Nächstes auf den Zeiger gehen konntest."

Marco grinste. „Und jetzt weiß ich immer, welchem Mädchen ich auf den Zeiger gehen kann." Er legte seinen Arm um Rachel und lehnte seinen Kopf an ihre Schulter.

Sie lachte und schob ihn weg.

Es war nur ein dummes, kleines Spielchen, aber ich spürte einen Anflug von Eifersucht. Es gibt so kleine Vertraulichkeiten, die die meisten Menschen teilen können, aber ich nicht. Ich kann keine Hände schütteln oder irgendwen umarmen oder meinen Kopf an eine Schulter lehnen.

Und erwartungsgemäß hatte mich Cassie gründlich ausgefragt und jedem Wort konzentriert gelauscht, das ich über mein Treffen mit DeGroot erzählte. Marco kam mit ungefähr acht verschiedenen Theorien an, inwiefern das alles eine Finte sein konnte.

Aber dann hatte ich allen diese neue Info mitgeteilt: Ein Hork-Bajir-Kind lief frei herum. Worauf Marco mit seinem Gemecker und Gemotze losgelegt hatte.

„Okay", sagte Jake, „im Moment passiert viel auf einmal. Und wir können nichts davon wegpusten. Wir müssen rauskriegen, ob DeGroot echt ist oder ein Controller. Das Gleiche gilt für diese angebliche Kusine Aria. Und wir müssen versuchen, diesen kleinen, vermissten Hork-Bajir zu finden. Vierundzwanzig Stunden plus letzte Nacht plus heute Morgen, während wir in der Schule waren. Macht insgesamt achtundvierzig Stunden, die er schon vermisst wird."

„Ich hasse die Vorstellung, was ihm zustoßen könnte", sagte Cassie.

Jake nickte. Aber Marco sagte: „Nein. Moment. Du *solltest* versuchen, dir vorzustellen, was mit ihm passiert. Was für Möglichkeiten gibt es denn?"

<Ich nehme an, jeder Mensch würde dieses Hork-Bajir-Kind als Außerirdischen identifizieren>, vermutete Ax.

„Nein. Nicht unbedingt", meinte Cassie.

„Die meisten Leute glauben nicht, dass ihr Aliens existiert", sagte Rachel.

Ax nickte, eine Geste, die er von den Menschen übernommen hatte. <Wofür könnte ein Mensch diese Kreatur *dann* halten?>

„Für verkrüppelt", spekulierte Cassie. „Aufgrund von Geburtsdefekten. Oder schwer krank."

<Jeder auch nur halbwegs anständige Durchschnittsmensch würde sie vermutlich in ein Krankenhaus einliefern>, sagte ich.

„Oder einen Krankenwagen rufen", ergänzte Cassie.

<Der nicht so anständige Durchschnittsmensch käme vielleicht auf den Trichter, sie zu erschießen>, sagte ich.

<Oder sie in einen Käfig zu stecken und den Leuten Geld abzuknöpfen, dass sie einen Blick auf die Missgeburt werfen dürfen.>

Jake nickte beifällig. „Ja. Okay. Marco? Geh ins Internet und such nach allen aktuellen Nachrichten oder so. Ax? Du hilfst ihm. Cassie und ich werden zum Eingang des Tals zurückgehen, uns dort in Wölfe morphen und sehen, ob wir Beks Fährte aufnehmen können. Rachel, du gehst mit Tobias. Findet heraus, ob DeGroot und diese Ariafrau Controller sind. Folgt ihnen. Beobachtet sie. Wie viel Zeit bleibt uns noch bis zu deinem Geburtstag, Tobias?"

<Ähm … drei Tage?>, fragte ich.

„Heute ist der Dreiundzwanzigste. Wann hast du Geburtstag?"

<Am Fünfundzwanzigsten. Glaube ich. Sechsundzwanzigsten?>

Marco lachte, dann merkte er wohl, dass ich keine Witze machte.

<Ich kann … ich kann mich nicht genau erinnern. Nicht sicher. Aber ich glaube, es sind noch drei Tage.> Ich lachte gequält. <Fragt mich bloß nicht, wie alt ich nach Vogeljahren bin.>

KAPITEL 11

Ich fühlte mich unbehaglich, mit Rachel in ein Team gesteckt zu werden. Sie hatte mich dabei gesehen, wie ich Aas von der Straße fraß. Sie hatte es nicht erwähnt, und das würde sie wohl auch nicht. Rachel ist zwar unheimlich direkt, aber auch feinfühlig genug.

Doch ob unbehaglich oder nicht, ich würde nicht anfangen mit Jake über meine Einstellung zu diskutieren. Ich habe *meine* Probleme im Leben, er hat *seine*. Ich wollte seine Situation nicht unnötig verkomplizieren. Außerdem, was konnte ich sagen? Dass ich lieber mit Cassie arbeiten würde, weil sie nicht weiß, dass ich Aas esse?

Rachel morphte sich in ihren Weißkopfseeadler. Natürlich habe ich ihr schon viele Male dabei zugesehen, aber aus irgendeinem Grund faszinierte es mich diesmal. Trifft es dieses Wort? Nein, es hypnotisierte mich.

Rachel ist ein schönes Mädchen. Schönheit in jener Weise, bei der man weiß, dass sie ein Leben lang anhalten wird. Sie wird mal eine schöne Frau sein. Aber Schönheit allein ist noch keine große Sache. Was Rachel tatsächlich ausmacht, ist das, was in ihr steckt.

Und ihr dabei zuzusehen, wie sie sich in den Adler morphte, war so, als sähe man ihre Seele durch die Konturen hervortreten.

Federmuster erschienen überall auf der Haut. Ihre goldenen Haare wichen dem markanten, weißen Schopfgefieder des Adlers. Ihre Armknochen wurde schmal und hohl, trieben Federn aus und bildeten sich zu weiten Flügeln um.

Ihr Gesicht, das nie besonders weich und gütig war, bekam einen Furcht einflößenden, grimmigen Ausdruck. Ihre Augen wurden goldbraun und starrten mit dem wilden Blick eines Beutejägers.

Und ihre Lippen verwandelten sich in den mächtigen Schnabel des Adlers.

Sie schrumpfte. Aber sie wurde zu einem der größten Vögel, die es gibt.

War sie für mich schöner, weil sie jetzt ein Vogel war? Nein, natürlich nicht. Erstens läuft zwischen Adlern und Bussarden nichts. Und zweitens ist ihr Adlermorph ein Männchen.

Doch manchmal schien es mir, als würde dieser Körper besser zu ihr passen als ihr eigener, der die Menschen durch oberflächliche Ähnlichkeiten mit den Hochglanzbildern von Zeitschriftenmodels täuschte. Dieser Körper hier war Rachel: schnell, stark, klug, energisch und gefährlich.

<Fertig?>, fragte sie

<Fertig>, antwortete ich.

Sie öffnete ihre Schwingen. So viel breiter als meine. Ich bin stolz, ein Rotschwanzbussard zu sein, aber es lässt sich nicht leugnen, dass der Blick des Menschen zum Weißkopfseeadler hingezogen wird. Die Leute können mich sehen und denken *Was ist das, eine große, braune Krähe?* Aber wenn man einen solchen Riesen am Himmel kreisen sieht, mit seinen knapp zwei Metern Flügelspannweite, dem weißen Kopf, dann spürt jeder, dass er gerade etwas Besonderes betrachtet.

Ich hab mal gelesen, dass Präsident Benjamin Franklin den wilden Truthahn zum offiziellen Wappentier der Vereinigten Staaten vorgeschlagen haben soll. Also, bitte. Der hat bestimmt nie einen Weißkopfseeadler gesehen.

Wir erwischten eine Thermik des späten Nachmittags und ließen uns von ihr in die Höhe tragen. Rachel hatte ihre riesigen Flügel, aber ich besaß mehr Erfahrung, deshalb konnte ich recht mühelos mit ihr mithalten. Ich will damit nicht angeben, aber wenn man es schafft, einem Vogelinstinkt menschliche Intelligenz aufzupflanzen, kann man so ziemlich allem davonfliegen. Instinkt allein bringt einen nicht weit.

<Ich habe es Jake gegenüber nicht erwähnt, aber ich habe DeGroot schon den ganzen Morgen über observiert>, sagte ich.

<Warum ihn? Wieso nicht diese Person namens Aria?>, fragte Rachel.

<Ihn kenne ich. Er war leicht zu beschatten. Außerdem ...>

<Was außerdem?>

Ich hatte sagen wollen, dass mich schon der Gedanke an Aria nervös machte. Unsicher. <Nix. Lass uns mal sehen, ob wir sie finden können. Ich weiß, in welchem Hotel sie wohnt. Ich kenne das Zimmer. Ich hab mich in Menschengestalt gemorpht und das Hotel angerufen.>

<Woher hattest du einen Vierteldollar zum Telefonieren?>

<Bei den Augen? Münzen glänzen im Sonnenlicht. Wenn du vor Münzwaschmaschinen oder am Autoschalter bei McDonalds herumfliegst, findest du früher oder später einen Quarter am Boden.>

Rachel lachte, als wäre es das Komischste auf der Welt.

<Du bist Weltmeister im Meistern verrückter Situationen>, sagte sie.

<Ja, nun, nicht immer. Manchmal versage ich auch einfach.>

<Wie meinst du das?>

<Komm, wir drehen etwas mehr nach Westen ab, dann kriegen wir Rückenwind und schonen unsere Flügel>, sagte ich.

<Aha. Etwas, worüber du nicht reden willst. Das ist cool.>

Wir drehten westwärts ab und spürten, wie uns der Wind von hinten anschob. Fliegen ist dem Segeln sehr ähnlich. Man kann zwar gegen den Wind ankämpfen, aber dann ist man bald erschöpft. Man kann auch kreuzen, also im Zickzackkurs gegen den Wind anfliegen. Aber wenn der Wind dein Partner ist und so weht, wie du es willst, dann reite ihn und sei dankbar.

<Es ist keine große Sache>, sagte ich mit einem abfälligen Lachen. <Ein kleines Problem unter Vögeln.>

<Rück schon raus damit>, brummte sie. <Wir haben noch zehn oder zwanzig Minuten zu fliegen und ich hab vergessen, mir ein Buch einzustecken.>

<Es ist nichts. Es geht um diesen anderen Bussard, der sich auf meiner Wiese breit zu machen versucht.>

Im nächsten Moment kam ich mir wie ein Idiot vor. Das war so richtig im Stil des früheren Tobias: Den Leuten die eigene Dummheit und Schwäche auf die Nase zu binden. Kein Wunder, dass ich so oft verkloppt wurde, als ich noch ein Mensch war. Es schien geradezu, als würde ich darum betteln, dass man mich verhöhnte.

<Klasse, Tobias>, murmelte ich in mich rein. <Ausgerechnet Rachel wird irgendeine erbärmliche Geschichte, wie du dich nicht gegen einen Vogel wehren kannst, wirklich zu schätzen wissen.>

<Was denn, ist er größer als du?>

Wieso konnte ich bloß meine Klappe nicht halten? <Vergiss es. Ich hab einfach noch nicht den richtigen Zeitpunkt gefunden, um ihn fertigzumachen.>

Ja, genau. Das klang glaubhaft. <Da ist das Hotel. Wir müssen in den dreiundzwanzigsten Stock>, erklärte ich. <Zimmer dreiundzwanzig-null-sechs. Es liegt angeblich zur Stadt hin.>

KAPITEL 12

Mein Herz schlug noch schneller als sonst. Ich würde vielleicht gleich eine Kusine treffen, die mich bei sich aufnehmen wollte. Oder womöglich den Rand einer schlau eingerichteten Falle beschnuppern. Ich zählte die Etagen rauf bis dreiundzwanzig. Wir flogen auf die Stadtseite des Gebäudes. Es ist besonders spannend, um hohe Gebäude herumzufliegen. Irgendwas an dem Umstand, *außerhalb* eines Wolkenkratzers zu sein, erinnert den menschlichen Teil in euch eindringlich, wie hoch man ist.

Ihr könnt euch plötzlich Menschen hier *draußen* vorstellen, euch ihr hilfloses Entsetzen ausmalen, wenn sie fallen und … nun, wie gesagt, es erinnert einen daran.

<So, wie die Sonne gerade steht, hab ich echt Probleme, in die Fenster zu sehen>, beklagte ich mich.

<Echt? Ich nicht>, sagte Rachel.

<Weißkopfseeadler jagen Fische>, erklärte ich. <Deine Augen haben sich so entwickelt, dass sie selbst durch Spiegelungen auf der Wasseroberfläche sehen können. Ich fresse Mäuse und Kaninchen.>

<Kaninchen?>

<Du nimmst, was du kriegen kannst. Und fang nicht mit Klopfer aus *Bambi* an, oder Roger Rabbit oder dem Osterhasen. Kaninchen sind Beute, genau wie Mäuse.>

<Ich wollte gerade sagen, dass sie sich leckerer anhören als Mäuse. Ich meine, die Leute essen Kaninchen. Oder zumindest taten sie es früher. In den alten Cowboyfilmen, haben sie da nicht Kaninchen geschossen und sie mit einer Bohnenpampe gekocht?>

<Korrekt. Exakt. Es ist nichts dran verkehrt, ein Karnickel zu essen.>

<Es sei denn, es trägt den Namen ‚Bugs'. Hey, ich sehe eine Frau in einem Zimmer. Ähm … drittes Fenster von außen.>

<Kann's nicht klar sehen.>

<Wahrscheinlich auch gut so. Sie ändert gerade ihren Look.>

<Aha. Du meinst, sie zieht sich um, richtig? Also keine Morphgeschichten.>

<Sie morpht sich aus einer Jogginghose und einem T-Shirt in ein Kleid. Das Kleid ist, oh, etwa drei, vier Jahre aus der Mode.>

<Dann war sie ja vielleicht wirklich in Afrika. Wenn sie das überhaupt ist.>

<Vielleicht geht sie auch bloß nicht mit der Mode. Ich sehe 'ne Menge Kamerakrempel. Das würde zu der ganzen Sache von wegen Naturfotografin passen.>

<Jetzt spiegelt es nicht mehr so. Kann ich jetzt ohne Risiko gucken?>

<Umschreibst du deine Spannergelüste immer so nett?>

<Ich bin kein Spanner>, sagte ich unwirsch. Und dann, in freundlicherem Ton <Ich kann meine Superkräfte nicht zum Bösen einsetzen.>

Rachel lachte. <Du darfst jetzt gucken.>

Ich drehte eine Schleife, schlug mit den Flügeln, um meine Höhe zu halten, und glitt dann, so langsam ich konnte, in gut zehn Meter Abstand an dem Fenster vorbei.

Sie mochte vielleicht fünfundzwanzig oder dreißig sein. Sie hatte dunkle Haare, die zu einem Pferdeschwanz nach hinten gebunden waren. Nicht groß, nicht klein. Schlank. Mit einem sehr dunklen Teint.

<Sieht sie irgendeinem von deiner Familie ähnlich?>, fragte Rachel.

<Nein. Ich meine, ich weiß nicht. Laut DeGroot habe ich irgendeinen Vater, von dem ich bisher nicht mal wusste. Wer weiß also, ob sie optisch zur Familie gehört?>

<Wie finden wir's raus?>

Ich gab keine Antwort. Die Wahrheit ist, ich hatte Rachel nicht richtig zugehört. Ich war in meine eigenen Gedanken versunken und beobachtete die fremde Frau, die sich angeblich um mich kümmern wollte.

Warum? Warum sollte sich jemand um mich kümmern wollen? Sie kannte mich nicht. Warum also? Wegen irgendeiner vagen Geschichte von Familienbande? Möglich. Ich schätze, manche Familien sind so. Wisst ihr, sie fühlen sich jedem verbunden, der mit ihnen genetisch verwandt ist. Aber meine Familie war nicht so. Jedenfalls nicht die, die ich kennen gelernt hatte.

Meine Mutter verschwand und mein Vater starb, als ich noch klein war. Ich konnte mich kaum an einen von ihnen erinnern. Natürlich hatte ich Fotos. Damals, als ich noch ein Mensch war. Aber wenn ich mich jetzt an sie zu erinnern versuchte, konnte ich nicht sagen, ob die Erinnerungen echt waren oder bloß etwas, das ich mir eingebildet hatte.

Manchmal fragte ich mich, ob alles eine Illusion war. Dass ich nie eine Mutter und einen Vater gehabt hatte. Dass ich nie ein richtiger Mensch gewesen war.

Ich war eine Laune der Natur. Nein, das stimmte so auch nicht. Selbst eine noch so perverse Natur könnte mich nicht erschaffen. Ich war eine technologische Missgeburt. Dank außerirdischer Technologie.

Ich war ein Vogel mit dem Verstand eines Menschenjungen. Oder ein Junge mit einem Vogelkörper. Wie dem auch sei – diese Frau, die ich durch die Fensterscheibe sah, die Frau, die jetzt mit ihrer Fernbedienung durch die Kanäle zappte und bei CNN stehen blieb, diese Frau kannte mich nicht. Nicht mein früheres Ich mein richtiges. Überraschung, Kusine Aria: dein Adoptivsohn ist ein Rotschwanzbussard.

<Ich sagte, ä-hm, wie finden wir's raus?>, fragte Rachel.

<Was? Oh. Ich denke, wir folgen ihr. Beobachten sie. Beschatten sie. Wenn sie ein Controller ist, wird sie inner-

halb der nächsten drei Tage den Yirkpool aufsuchen müssen.>

<Wir können sie nicht ständig observieren>, sagte Rachel.

<Schon möglich>, gab ich zu. <Aber vielleicht können wir auch so genug herausfinden. Da! Sie kriegt einen Anruf.>

<Sie guckt verwirrt. Jetzt wird sie ... hektisch. Und jetzt geht sie!>

Aria – wenn das Aria war – schwang sich eine Kameratasche über die Schulter. Vor einem Ganzkörperspiegel blieb sie stehen, richtete ihre Frisur und prüfte sorgfältig ihre Kleidung.

<Kümmere dich nicht um deine Haare>, zischte Rachel, <unternimm lieber was wegen dieses Kleides.>

Ich lachte. Aber zugleich beunruhigte mich etwas an dem, was ich gerade gesehen hatte. Irgendetwas ...

Doch dann war die Frau aus dem Zimmer verschwunden und nicht mehr zu sehen.

<Wir sollten zur Vordertür rüberschwenken. Sie beobachten, wie sie rauskommt>, meinte Rachel.

<Ja. Dann lass uns mal hoffen, dass sie nicht mit dem Wagen fährt oder sich ein Taxi nimmt.>

<Warum?>

<Hast du jemals probiert, so schnell zu fliegen, dass du mit einem Auto mithalten kannst?>

KAPITEL 13

<Scheibenkleister! Sie nimmt sich tatsächlich eins!>, rief ich, als der Hotelportier nach einem Taxi winkte.

<Der Verkehr ist ziemlich chaotisch. Vielleicht können wir uns an ihre Fersen heften>, sagte Rachel.

<Nicht, wenn wir in der Luft bleiben. Dann nicht>, erwiderte ich grimmig.

<Hast du einen Plan?>

<Ja, Rachel. Einen, den selbst du für wahnsinnig halten wirst>, sagte ich. <Siehst du das Polizeiauto dort? Das in die gleiche Richtung fährt wie das Taxi? Siehst du die Lichter auf dem Dach?>

Rachel lachte. <Haha, das ist *wirklich* wahnsinnig. Na, dann ran an den Speck!>

Wir tauchten ab und fielen förmlich vom Himmel. Was mir vorschwebte, war nicht eben unauffällig. Es war gefährlich und würde großes Aufsehen erregen, wenn wir durch die Straßen der Stadt düsten.

Aber es könnte klappen!

Die roten Lichter auf dem Dach des Polizeiautos waren auf einer erhöhten Querstange montiert. An jedem Ende war ein Blinklicht und dazwischen etwa anderthalb Meter Platz.

Das Taxi fuhr auf einer Hauptstraße in östlicher Richtung. Das Polizeiauto ebenfalls. Im dichten Verkehr kamen sie nur mit dreißig Sachen voran, aber Bussarde und Adler können einfach keine langen Strecken stur geradeaus fliegen. Wir müssen Kurven fliegen, Aufwinde nutzen. Selbst mit dreißig Stundenkilometern konnte uns ein Taxi abhängen.

Wir stießen hinab und gaben mächtig Gas.

Runter, runter, ich mit knappem Vorsprung.

<Rachel, geh hinter mich, aber achte auf die Turbulenzen von meinen Flügeln!>

Sie glitt hinter mich und gemeinsam stießen wir aus gut zwanzig Stockwerken Höhe bis dicht über dem Erdboden hinab und vollführten einen eleganten Gleitflug, der jeden Piloten mit Stolz erfüllt hätte.

<Tempo halten!>

<Wir sind schneller als sie. Wir schießen übers Ziel hinaus!>, schrie Rachel.

<Willst *du* mir erklären, wie man fliegt?>

<Nein, Sir!>, rief Rachel in jenem ausgelassenen Tonfall, den sie immer dann draufhat, wenn sie nur zwei Zentimeter von der absoluten Katastrophe trennen. <Hah HAH!>

Das Bullenauto bewegte sich waagrecht. Wir kamen in einem Winkel angeschossen. Die beiden Linien würden sich kreuzen … jetzt!

<Spreizen!> Ich breitete meine Flügel nach vorn aus, bremste mein Tempo nur einen Tick runter, öffnete meine Klauen, spreizte sie weit und … ja! Packte die Querstange und hielt mich daran fest.

Rachel griff mit einem Fang zu, verfehlte aber mit dem anderen. Sie legte ihre Flügel zusammen und der Fahrtwind drückte sie nach hinten.

<Haltung bewahren!>, rief ich. <Öffne deine Flügel. Surfen, nicht reiten.> Irgendwie kriegte sie einen Sinn in mein Geschwafel. Sie riss ihren zweiten Fang nach vorn und bekam die Stange zu fassen. Dann zwang sie ihren Körper mit Kraft in eine Flughaltung und breitete ihre wuchtigen Schwingen aus.

Und los ging's. Ein Rotschwanzbussard und ein Weißkopfseeadler ritten auf dem Dach eines Polizeiautos mit geöffneten Flügeln, die Schnäbel nach vorn gestreckt, während die Klauen Mühe hatten, dem Druck standzuhalten.

<Hey, wir fahren! Echt verrückt!>, lachte Rachel, die noch immer high war vom Rausch der Gefahr.

Autofahrer hinter und neben uns glotzten mit offenem Mund. Manche bis zu dem Punkt, wo sie nur mit knapper Not einen Zusammenstoß vermieden. Doch die Cops unter uns waren völlig ahnungslos.

<Irgendjemand wird den Bullen sicher zurufen, dass wir hier oben sind>, meinte ich besorgt.

<Nö>, beruhigte mich Rachel. <Am Steuer lenkt niemand freiwillig die Aufmerksamkeit eines Polizisten auf sich. Das schuldhafte Gewissen der Leute wird uns retten.>

Ein sehr betagt aussehendes Polizeiauto fuhr also den Boulevard hinunter und folgte einem Taxi im Abstand von drei bis vier Wagenlängen. So ritten wir gut drei Kilometer weit, bis wir den Stadtrand erreichten, wo die Gebäude kleiner, älter und schäbiger wurden. Wir passierten den Flughafen. Eine große 747 zog donnernd über uns hinweg. Und dann …

<Ahhhh!>

Rote Lichter schwirrten rings um uns. Das Auto beschleunigte kräftig. Der Windwiderstand verdoppelte sich und ich konnte mich kaum noch festhalten. Dann kam die Sirene.

Glaubt ihr, dass Polizeisirenen laut sind? Ja? Dann stellt euch mal vor, ich hättet ein Gehör, das besser ist als das des Menschen und ihr wärt zwanzig Zentimeter von der Sirene weg. Komplettiert wird das Chaos noch durch vier Triebwerke eines startenden Jumbojets über euch.

<Aaaaahhhh! Sie haben einen Funkspruch erhalten!>

Das Polizeiauto düste ab. In einer Sekunde würden wir das Taxi überholen. Nein! Eine plötzliche Gabelung – und die beiden Wagen trennten sich rasant.

Zu schnell für uns, um unsere Schwingen geöffnet halten zu können. Wir jagten mit achtzig, vielleicht hundert Sachen dahin. Wir legten die Flügel an und kauerten uns so dicht wie möglich an die Stange. Ich zog den Kopf ein und hielt meine Schwanzfedern fest geschlossen.

Jetzt waren wir direkt neben dem Flughafen. Eben rollte wieder eine Maschine, eine kleinere 737 diesmal, zur

Startposition. Aber bevor sie Schub gab, hob etwas viel Kleineres von der Rollbahn ab.

Ein Helikopter.

Der Hubschrauber hob ab und flog im rechten Winkel auf uns zu. Er war in der gleichen Richtung unterwegs wie das Taxi.

<Ich habe noch ’ne echte Wahnsinnsidee>, sagte ich.

<Nein.>

<Ich mach’s>, rief ich

<Und was ist mit mir?>, kreischte Rachel.

<Du musst es timen! Lass los. Nur ein bisschen mit dem Schwanz steuern für den Auftrieb und zum Lenken nimmst du den Kopf!>

<Wann?>

<JETZT!>

Ich ließ los, spreizte meine Schwanzfedern und stellte sie ganz leicht hoch. So wenig Tragfläche, dass meine Flügel ebenso gut das Heckleitwerk einer Rakete hätten sein können.

Und das war auch gut so, denn ich *war* eine Rakete.

Ich zischte durch die Luft wie ein Federgeschoss, bekam gerade genug Auftrieb und lenkte mit nur einer leichten Bewegung meines Kopfes ...

Ich flitzte rauf unter den Helikopter, schwenkte in seine Flugrichtung ein, drehte mich auf den Rücken, öffnete meine Klauen und ...

<Aaauuuu!> Es gab einen heftigen Ruck, als sich meine Fänge um die Querstrebe des Landegestells schlossen.

Rachel war gleich hinter mir. Sie flog eine Kurve und öffnete die Fänge, doch hatte sie nicht mit dem kräftigen Abwärtssog der Rotorblätter des Helikopters gerechnet.

Sie griff daneben!

Rachels Klauen verfehlten ihr Ziel und sie würde keine zweite Chance haben.

<Ich sehe dich dann später!>, rief ich ihr zu.

<Aber nicht viel>, lacht sie. <Sieh mal. Das Taxi hat da unten angehalten.>

Ich hatte eine völlig unmögliche Show abgezogen. Ohne jeden Grund.

<Es war trotzdem irre cool>, sagte Rachel. Aber sie lachte noch mehr, als ich meinen sauer erkämpften Halt an dem Hubschrauber löste und verlegen in Richtung des staubigen Parkplatzes flog, wo Aria inzwischen aus dem Taxi stieg.

KAPITEL 14

Es dauerte einen Moment, ehe ich kapierte, was ich da sah. Aus der Luft war es ein schäbig aussehendes Gebäude. Wahr ist jedoch, dass die meisten Häuser aus der Luft ziemlich übel aussehen. Man sieht nix als Dächer und Klimaanlagen.

Das Gebäude selbst hatte nur eine Etage, aber dafür eine riesige Fassade, mit der es auf einen Betrachter, der sich ebenerdig näherte, viel größer gewirkt hätte. Gegenüber befand sich ein staubiger Parkplatz mit ein paar Autos.

An die Rückseite grenzte ein schmutzig grüner Tümpel – ein flaches Gewässer, das von einem klapprig aussehenden Holzzaun umgeben war.

Auf dem schlammigen Randstreifen dieser kleinen Lagune nahmen zwei Alligatoren ein Sonnenbad.

Links von dem Gebäude befand sie ein Spirituosenladen. Auf der rechten Seite grenzte, scheinbar mit ihm verwachsen, ein Minigolfplatz an das Haupthaus. Das Thema des Platzes war offensichtlich „Piraten". Als Zentralfigur diente ein Piratenschiff aus Gips.

<Das ist einer dieser dämlichen Landstraßenzoos>, berichtete Rachel, nachdem sie tief genug runtergegangen war, um die knallbunten Schilder deutlich sehen zu können.

<Er heißt ‚Frank's Safariland und Minigolfplatz'.>

<Eingängiger Name>, sagte ich

<Bloß gut, dass Cassie nicht hier ist. Sie hasst solche Plätze. Ich meine, sie *hasst* sie. Und wir dürften dann mitmachen und alle Tiere befreien.>

<Vielleicht ist Aria ja deshalb hier>, meinte ich. <Sie ist schließlich Naturfotografin. Ihr müssten Orte wie der hier auch zuwider sein.>

<Vielleicht>, sagte Rachel skeptisch.

Ich flog eine Kurve und ging tief runter, um eine Art Markise abzuchecken, die vorbeifahrende Autos aufmerksam machen sollte. Es war eins von den Schildern mit so großen Plastikbuchstaben. Darauf stand: GANZ NEU! MÖRDERISCHER KRÜPPELZWERG! DIE LEBENDE RASIERKLINGE!

<Oh, Mann. Wir haben Probleme>, sagte ich.

<Müssen wir jetzt deswegen wieder versuchen, uns an einem fliegenden Helikopter festzuklammern?>, fragte Rachel lachend. <Und übrigens – es mag ja unnötig gewesen sein, aber es war sooo cool!>

<Die lebende Rasierklinge>, sagte ich und zitierte den Text auf dem Schild. <Mörderischer Krüppelzwerg.>

<Was ist eine lebende Rasierklinge?>, wunderte sich Rachel.

<Ich bin mir nicht sicher, aber ich habe dabei ein schlechtes Gefühl. Ich finde, wir sollten dieses Haus mal von innen sehen.>

<Also, wir könnten uns in Menschengestalt zurückmorphen und einfach reinspazieren. Vorausgesetzt, wir hätten das Geld für 'ne Eintrittskarte.>

In Menschengestalt *zurückmorphen?* Galt nicht für mich. Für mich war der *Mensch* mein Morph. Ich ließ es sein.

<Kostet zwei Dollar pro Person>, sagte ich.

<Ich muss lernen, wie man eine Kreditkarte mitmorpht.>

<Wir könnten uns immer noch als Schaben reinschleichen>, sagte ich. <Vermutlich würden ein paar Schaben an einem solchen Ort gar nicht auffallen. Von Stubenfliegen ganz zu schweigen.>

<Oh, Mann. Ich hasse diese Insektenkiste. Du weißt –>

<Uh-oh. Mir schwant, da ist eine Rachelidee im Anmarsch.>

<Och, bitte. Nach deiner Idee, auf einem Polizeiauto mitzufahren und dann loszudüsen, um auf einem fliegenden Hubschrauber zu landen, da willst du über *meine* Idee ablästern?>

<Ooookay. Na schön, schieß los.>

<Ich habe gerade bemerkt, dass der Vordereingang nur von einem alten Mann bewacht wird. Und ich muss dir sagen, ich glaube nicht, dass alle seine Haare echt sind.>

<Was?>

<Flieg zum Piratenschiff auf dem Minigolfgelände. Da drin können wir uns zurückmorphen. Ich komme gleich nach.>

Damit stieß Rachel im steilen Gleitflug vom Himmel herunter, auf den alten Mann zu, der auf einem Stuhl gleich neben der Tür zu Frank's Safariland hockte.

Mit ausgefahrenen Klauen ratschte sie dem Mann über den Kopf.

<Hey>, rief er. <Das sind *meine* Haare!>

Der große Weißkopfseeadler flog langsam und tief und trug etwas in seinen Fängen, das wie eine tote Bisamratte aussah, in Wirklichkeit aber das Toupet des Mannes war. Der Mann rannte Rachel nach. Ich flog zu dem großen Piratenschiff hinüber. Sekunden später kam Rachel dazu und morphte sich lachend zurück.

<Okay, was hast du mit dem Toupet von dem armen Kerl angestellt?>

<Tja, sagen wir mal, einer der Alligatoren sieht jetzt ziemlich verändert aus.>

Wir morphten uns in dem staubigen, mit Spinnweben überzogenen Bauch der Schiffsattrappe zurück und mussten uns durch eine winzige Luke ins Freie zwängen. Keiner hielt uns auf. Niemand bemerkte uns, weder da noch als wir frech durch die Vordertür von Frank's Safariland spazierten.

KAPITEL 15

Drinnen sah es ungefähr so aus, wie ich es erwartet hatte. Ein sehr tristes Fleckchen. Elende, unglückliche Tiere in Käfigen, die nur ein Zehntel der erforderlichen Größe hatten. Dazu trübes Licht, das von den schwarz drapierten Wänden verschluckt wurde.

Ein verwahrloster Fuchs lief rastlos umher. Ein Luchspärchen schlief eingezwängt in einem Käfig, der selbst für eine Hauskatze zu klein gewesen wäre. Außerdem gab es eine ältere Schleiereule, einen Junghirsch, zwei Schafe, dazu ein Shetlandpony in einem runden Pferch, mit einem Sattel auf dem Rücken, der deutlich sichtbare Wunden gescheuert hatte.

Auf einem Schild stand PONYREITEN $2,50.

Ein kleines Schwarzbärweibchen war in einem Käfig eingesperrt, der so niedrig war, dass es sich nicht zu voller Höhe aufrichten konnte.

Rachel beugte sich nah heran und flüsterte mir in Ohr: „Ich meinte vorhin, wir sollten Cassie nichts von dem Ort hier erzählen, aber weißt du was? Wir sagen es ihr *doch!* Sie wird Jake überreden, dass er sie begleitet und ihr hilft, diesen Ort des Grauens auszuradieren. Was ist los mit den Menschen? Ich meine, ich bin ja nicht unbedingt Fräulein Habt-die-Bäume-lieb-esst-kein-Fleisch-Tiere-sollen-wählen, aber das ist doch ätzend. Die wollen einen Bären so behandeln? Dann komm ich noch mal her und mach diese Dreckskerle mit einem *echten* Bären bekannt. Wollen mal sehen, ob ‚Frank' meinen Grisli in einen kleinen Käfig sperren kann. Den stopfe *ich* in seinen eigenen Käfig!"

Ich lächelte mit meinen Menschenlippen. Die Sache ist die, ich wusste dass Rachel nicht übertrieb. Wenn Jake sie nicht aufhielt, würde besagter ‚Frank' von Frank's Safariland Besuch von einem gut zwei Meter großen, zotteligen und sehr wütenden Bären bekommen.

Dann bogen wir um eine dunkle Ecke. Dahinter kam ein kleiner Nebenraum. Darin stand Aria und ein Mann. Rasch zog ich mich zurück. Aber nicht so hastig, dass ich nicht den Insassen jenes Räumchens gesehen hatte.

Da drin hing in einem Käfig, auf den zwei Scheinwerfer ihre Lichtkegel richteten, ein junger Hork-Bajir.

Er war keinen Meter groß – nach Hork-Bajir-Maßstäben praktisch ein Säugling. Seinen Klingen waren sehr scharf, ganz wie die Zähne von Menschenbabys, aber klein und nicht so fest oder gefährlich wie die Klingen eines Erwachsenen. Sein Schwanz war nicht mehr als ein Stummel, kaum ausgebildet. Und auch die Stirnklingen waren bloß Höcker. Seine klauenbewehrten Hände klammerten sich um die Stäbe seines Käfigs. Er starrte Aria voll Mitleid erregender Hoffnung an.

„Bek“, flüsterte Rachel.

„Aber genau.“

Wir glitten aus ihrem Blickfeld zurück, ohne dass Aria oder der Mann neben ihr uns bemerkt hatten.

„Schauen Sie, Lady, ich möchte Ihnen ja nicht das Geschäft vermasseln. Aber wenn Sie Fotos machen wollen, kostet das extra.“

„Aber Mr Hallowell –“

„Sie dürfen Frank zu mir sagen.“

„Schön, Frank. Ich bin professionelle Naturfotografin. Es würde mich freuen, wenn ich Ihnen ein paar Abzüge als Bezahlung überlassen dürfte.“

Der Mann lachte verächtlich. „Wenn ich ein Bild von der Missgeburt brauche, mache ich ein Polaroid. Ne, ne! Dieses kleine Monster wird mir einigen Zaster einbringen. Ich habe schon Kontakt zu einer Zeitung aufgenommen. Sie schicken jemanden raus. Wenn der sagt, dieses Scheusal taugt was, dann darf er ein paar Tausender blechen.“

Aria zögerte. „Und würde er … diese Fotos … auch verbreiten? Sie veröffentlichen?“

Der Mann sah sie an, als ob sie nicht ganz dicht wäre.

„Na, was soll er denn sonst damit anfangen?“

Aria nickte langsam. „Ja. Natürlich.“ Sie betrachtete noch mal den jungen Hork-Bajir und wiederholte gedankenverloren „Ja, natürlich.“

„Darf ich Sie mal fragen, Lady, wo Sie doch so ’ne große Naturfotografin sind: Was ist das für ein Viech?“

„Sie wissen es selbst nicht?“

Frank schüttelte den Kopf. „Da kommt doch dieser Kerl angefahren und hat dieses verschnürte Ding auf der Ladefläche seines Pickups liegen. Sagt, er hätte es draußen neben dem Highway rumirren sehen. Fragte mich, was ich dafür bezahlen würde. Ich gab ihm fünfzig Mäuse."

„Da haben sie ein gutes Geschäft gemacht", sagte Aria. „Es ist bestimmt einiges mehr wert."

„Nur hätte ich gern gewusst, was es ist."

Aria zuckte die Achseln. „Keine Ahnung. So etwas habe ich noch nie gesehen. Aber hören Sie, Sie sollten es nicht als ‚Missgeburt' bezeichnen."

„Nicht politisch korrekt, wie?", meinte Frank viel sagend.

„Darum geht's nicht", sagte Aria. „Es ist bloß, dass ich noch nie im Leben etwas Derartiges gesehen habe. So ein Tier kenne ich nicht." Sie lächelte. „Sie könnten es als Außerirdischen präsentieren und niemand könnte sich mit Ihnen deswegen herumstreiten."

„Ein Alien, hm?", Frank nickte. „Hey, keine schlechte Idee. Ein Haufen Spinner da draußen glaubt an diese ganze UFO-Scheiße."

„Ja. Und wenn Sie hier umbauen, könnten Sie vielleicht diesen Tieren gegenüber doch etwas Menschlichkeit zeigen. Sie brauchen größere Käfige, mehr Licht, mehr frische Luft. Das ist das Allermindeste."

„Ich werde darüber nachdenken", sagte Frank mit einer Miene, die verriet, dass er nichts Derartiges zu tun gedachte.

Aria machte kehrt und ging hinaus, wobei sie Rachel und mich um ein Haar streifte. Ich drehte den Kopf weg, damit sie mich später nicht wiedererkennen würde.

Wir folgten Aria in sicherer Entfernung und bemühten uns so auszusehen, als würden wir die gefangenen Tiere angucken. Aria trat ins grelle Sonnenlicht hinaus und sah sich erwartungsvoll um.

Sekunden später kam eine schwarze Limousine mit Schwung auf den holperigen Parkplatz gefahren und wirbelte eine Staubwolke auf.

Der Wagen hielt an und der Fahrer beeilte sich, ihr die Tür zu öffnen.

Mit meinen schwachen Menschenaugen sah ich zu, wie sie einstieg und Platz nahm. Einen Moment lang blieb die Tür offen und ich konnte sie so deutlich sehen, wie es Menschenaugen eben zuließen.

Sie blickte in unsere Richtung, konnte uns aber nicht sehen. Sie war im Sonnenschein und wir im dunklen Schatten. Gedankenvoll schaute Aria zu Frank's Safarischild hinauf. Ein Lächeln huschte kurz über ihre Lippen, aber nicht mehr.

„Wer bist du?", flüsterte ich.

Der Fahrer schloss die Tür und weg war sie.

KAPITEL 16

Als wir uns an jenem Abend in der Scheune trafen, gab es keine große Debatte darüber, was wir wegen des kleinen Hork-Bajirs unternehmen sollten.

„Wir gehen da rein und holen ihn raus“, sagte Jake.

„Es könnte eine Falle sein“, warnte Marco. „Diese Aria ist vielleicht trotzdem ein Controller. Das könnte alles ’ne linke Geschichte sein.“

Eigentlich wollte ich fragen, wieso sich ein Controller Gedanken über die Zustände für die Tiere in diesem grauenhaften Zoo machen sollte. Aber ich schwieg. Mit der Zeit werde ich wohl immer wortkarger. Manchmal erscheint mir die gesamte Kommunikation der Menschen schlicht bedeutungslos. Handeln – das ist es, was zählt.

Jake nickte. „Wir müssen von der Annahme ausgehen, dass es eine Falle ist. Wir werden unsere Kräfte aufteilen. Gruppe A geht rein, Gruppe B wartet draußen.“

Marco grinste Rachel an. „Er ist ja so napoleonmäßig.“ Jake grinste und boxte Marco auf die Schulter.

Dann folgte einer der bizarren Aspekte des Animorphlebens: Jake, Rachel, Cassie und Marco setzten sich alle ins

Heu der Scheune, klappten ihre Rucksäcke auf und holten Bücher und Hefte heraus.

Hausaufgaben. Wenn man ein ganzer Mensch und obendrein ein Kind ist, gibt es davor vermutlich kein Entrinnen.

Ax schaute über Cassies Schulter in ihr Physikbuch. <Aber das stimmt nicht>, murmelte er immer wieder. <Die Schwerkraft funktioniert keineswegs so.>

Ich hockte mich ins Dachgebälk und belauschte Jake bei seinen Hausaufgaben. Lesen macht mir nach wie vor Spaß, wenn ich die Chance dazu bekomme. Manchmal fliege ich zum Park oder zum Strand – zu Plätzen, wo Menschen in der Öffentlichkeit lesen. Dann suche ich mir eine schöne Thermik oder eine stetige Brise, lass mich in fünfzehn oder zwanzig Meter Höhe treiben und gucke irgendwem über die Schulter. So habe ich schon 'ne Menge von John Grisham, Stephen King und Nora Roberts gelesen. Keine ganzen Bücher, leider, aber Seiten und gelegentlich auch ganze Kapitel.

Jetzt saß ich da und blickte über Jakes Schulter, und als mir das zu langweilig wurde, flog ich rüber, um in Rachels Buch zu spähen.

Dann war endlich Zeit zum Aufbruch.

<Wenn ihr wirklich die Bewegungsgesetze verstehen möchtet, so wie sie auf Quantenebene gelten, und welcher Zusammenhang sowohl mit der Gravitation besteht als auch mit dem, was wir Andaliten als die siebte Kraft bezeichnen, dann –>

Cassie lachte und legte Ax eine Hand auf den Arm. „Ax, es muss hart für dich sein, dass du niemanden um dich hast, mit dem du Dinge auf deinem Niveau diskutieren kannst."

Er guckte verstört. <Ich … nein, das ist es nicht>, sagte er matt.

„Okay, sind alle Eltern informiert?", fragte Jake.

„Ja, alle passenden Lügen wurden aufgetischt", sagte Cassie und schüttelte bedauernd den Kopf. „Jeder ist bei jemand anderem zu Besuch. Wie üblich."

„Na ja, es wird nicht lange dauern", meinte Rachel. Die anderen morphten sich in unterschiedliche Vögel, dann flogen wir gemeinsam zu Frank's Safariland. Das Schild war ausgetauscht worden. Es verkündete jetzt, dass es bei Frank's den ersten richtigen Außerirdischen zu bestaunen gäbe. Und das zog. Ein Dutzend Autos füllte den Parkplatz.

Ich war zusammen mit Rachel in Gruppe A. Wir waren beide mit den Örtlichkeiten vertraut. Mit dabei war auch Jake. Cassie, Ax und Marco bildeten die Reservetruppe, bereit einzuschreiten, falls was schiefging.

Wir landeten und morphten uns direkt außerhalb des Alligatorenteichs zurück. Es war dunkel, aber nicht pechschwarz. Im Westen glomm noch ein fahler Schein der untergegangenen Sonne. Der Mond zeigte sich nicht, aber der Himmel war voller Sterne.

Die anderen morphten sich zurück. Ich wartete noch. Ich würde einen Morph wählen, den ich nur einmal verwendet hatte: Hork-Bajir.

Normalerweise würde ich ja diesen Morph niemals einsetzen. Hork-Bajirs sind mitfühlende Geschöpfe. Wir haben eine Regel, nach der Menschen oder andere freie, empfindungsfähige Rassen für uns tabu sind. Schließlich sind wir keine Yirks. Wir laufen nicht einfach durch die Gegend und beuten die DNS freier Wesen aus.

Aber das hier war ein besonderer Fall. Es war notwendig, dass Bek, das Hork-Bajir-Kind, bereitwillig mit uns mitkam. Und ich wusste, dass Ket Halpak – dessen DNS die Basis für meinen Morph war – absolut einverstanden wäre.

„Okay“, flüsterte Jake. „Noch einmal: Ich gehe als Mensch rein und lege den Hauptschalter um, damit wir's dunkel haben. Rachel morpht sich und sobald der Strom weg ist, geht sie rein und nietet die Rückwand um. Tobias? Du bleibst hier im Dunkeln, bis Rachel ‚Los‘ sagt. Dann rennst du rein, schnappst dir den Kleinen und rennst wieder raus. Cassie wird ihn anschließend übernehmen. Wir bringen ihn ein paar hundert Meter weit die Nebenstraße runter bis zu dem Maisfeld. Alles klar?“

Rachel zwinkerte mir zu. „Weißt du, Marco hat Recht. Er ist ein richtiger *Napoleon* geworden.“

„Ach, sei du doch still“, sagte Jake gutmütig.

Jake blieb in Menschengestalt und begann jetzt die Umzäunung des Alligatorentümpels abzulaufen.

„Hey, hat Jake gesagt, ich soll *eine* Wand umnieten? Oder war von *mehreren* Wänden die Rede?“, fragte Rachel mit gespielter Unschuld.

<Du weißt ganz genau, dass er von dir nur eins möchte, nämlich dass du uns Zutritt verschaffst. Er hat nicht gesagt, dass du die ganze Bude auseinander nehmen sollst, bloß weil Frank ein fieser Sack ist und Tiere misshandelt>, sagte ich streng. <Andererseits … es ist dunkel. Du könntest die Orientierung verlieren …>

Rachel lachte kampflüstern auf ihre leicht irre Art. „Ja. Gut möglich."

Sie begann sich in einen Elefanten zu morphen. Als ich vorhin meinte, es wäre irgendwie cool, Rachel bei ihrer Verwandlung in einen Adler zuzusehen … nun, für den Elefanten gilt das nicht. Hier gibt es nichts, das auch nur annähernd sehenswert wäre.

Erstens ist da die Art und Weise, wie sie wächst: indem plötzlich Fleischklumpen aus ihren Schenkeln, ihrem Bauch, selbst auf ihrem Kopf herausplatzen. Der Anblick, wie es jemandem seitlich am Kopf eine kühlschrankgroße Beule aus grauem Fleisch raustreibt, ist nix für schwache Nerven. Mit immer neuen Buckeln und Beulen klumpte sie von der Größe eines normalen Mädchens zu einem formlosen Monster auseinander. Ihre Beine wurden zu Säulen, ebenso ihre Arme. Ihre Elefantenfüße sanken im feuchten Boden ein.

Sie grinste mich an, als ihre weißen Zähne ineinander zu fließen schienen. Dann aber trieben sie immer länger nach außen wie zwei Speere, die auf mich zielten, und bogen sich spitz nach oben:

Fertig waren die Stoßzähne.

Die Nase begann herabzuhängen, als ob sie laufen und dann schmelzen würde; danach wurde sie dicker, dunkler und vor allem größer. Natürlich waren bis dahin schon die strandlakengroßen Ohren voll entwickelt.

Das Letzte, was von Rachel verschwand, waren die Haare. Einige Sekunden lang sah sie echt aus wie ein Elefant mit einer blonden Perücke.

Währenddessen hatte ich ebenfalls mit Morphen begonnen. Es ist seltsam, sich in irgendwas zu morphen. Ich meine, egal, in was man sich verwandelt – es ist ein Albtraum. Stellt euch mal vor, ihr werdet Zeuge, wie euer eigenes Fleisch sich windet und schmilzt und welkt, schrumpft oder anschwillt. Stellt euch vor, ihr hört mit, wie eure inneren Organe sich verflüssigen und wegflutschen. Stellt euch vor, ihr hättet Körperteile, die ihr nie zuvor besessen habt. Und dazu auf einmal ein Gehirn, das diese Körperteile einzusetzen versteht.

Morphen ist immer eine Horrorschau. Aber sich in ein nichtirdisches Tier zu morphen, das ist schon was. Laut Ax ist die DNS etwas ganz Gewöhnliches in der Galaxie. Die gleiche Zwillingsspirale aus Atomen bildet die Vorlage für jegliches Leben auf der Erde wie auch für fast alle erdfremden Lebensformen.

Darüber hinaus gibt es jedoch nicht viele Ähnlichkeiten zwischen den Körpern von Außerirdischen und, sagen wir mal, Menschen. Das wahre Leben präsentiert sich anders als in *Star Trek*. Aliens sind nicht bloß Menschen mit witzigen Ohren, Knubbelnasen und Kostümen.

An einem Hork-Bajir findet sich nichts, das auch nur entfernt menschlich aussieht. Verrückt ist allerdings, dass zwischen Bussarden und Hork-Bajirs einige Übereinstimmungen bestehen.

So sehen sich die klauenbewehrten Füße ziemlich ähnlich. Auch der beinahe schnabelartige Mund ist ähnlich. Und … tja, das wär's dann auch schon.

Hork-Bajirs sind riesig. Etwa zwei Meter groß. Wo meine Knochen hohl und leicht sind, sind ihre dick und von stählerner Dichte. Wo meine Bussard-Eingeweide für die Verdauung von rohem Fleisch ausgelegt sind – im Grunde eine recht einfache Aufgabe –, sind ihre unendlich komplizierter gebaut, um Baumrinde verdauen zu können.

Und während ich einige natürliche Waffen besitze, nämlich Schnabel und Krallen, *sind* Hork-Bajirs eine natürliche Waffe. Die Klauen, mit denen sie auf die wolkenkratzerhohen Bäume ihrer Heimatwelt klettern, die Handgelenks-, Ellenbogen- und Stirnklingen, mit denen sie die Rinde von diesen Bäumen abschälen – sie alle sind als Waffen einsetzbar.

Aber die Hork-Bajirs hatten sie nie als Waffen gebraucht, bis die Yirks und die Andaliten ihren Krieg in die Welt der Hork-Bajirs trugen.

Ich wurde immer größer, bis ich Rachel fast direkt in die Augen sehen konnte. Meine Klauen wurden zu Tyrannosaurusfüßen. In meinem Mund wuchsen Zähne. Scharfe Zähne zum Schneiden der Rinde und gerillte Backenzähne, um sie zu zermahlen.

Meine Flügel verloren ihre Federn und streckten sich immer mehr. Wo meine „Fingerknochen“ gewesen waren, wuchsen nun Hände. Muskeln bedeckten meinen Körper. Und aus diesen Muskeln sprießten die knochigen Auswüchse der Klingen.

<Also, wir sind schon ein hübsches Paar>, sagte Rachel. <Komm, wir gehen tanzen.> Ich hörte ein Geräusch. Aufheulende Motoren, kreischende Bremsen. Dann knallende Autotüren. Mehrere. Viele. Ich warf einen Blick auf den Parkplatz, aber die Sicht war mir weitgehend versperrt. Und in dem Moment gingen in Frank's Safariland die Lichter aus.

<Showtime!>, sagte Rachel und brach wieder in ihr wildes Gelächter aus.

KAPITEL 17

Die Lichter gingen aus und ich merkte, dass Hork-Bajirs bezüglich Nachtsichtvermögen nicht gerade gut drauf sind. Genauso wenig wie Elefanten. Aber Elefanten ist das eher egal, da sie so ziemlich alles platt walzen können, was sich ihnen in den Weg stellt. <HhhhrrrIIIII-uuh!> Rachel trompetete und stampfte los, um den Tümpel der Alligatoren herum – Kurs Frank's Safariland. Es verblüffte mich, wie schnell sie war. Ich konnte kaum mithalten.

Aus dem Gebäude drangen ärgerliche Rufe.

„Hey, macht das Licht an!“

„Ich will mein Geld zurück!“

Wir stürmten zur vordersten Wand. Rachel blieb stehen und drückte sachte mit der Stirn ihres Abrissbirnenschädels dagegen. Dann verlagerte sie ihr Gewicht nach vorn, und schon hörten wir es beide krachen.

<Heh-heh-heh>, kicherte sie. <Nur Holz. Weiß dieses kleine Ferkel nicht, dass es sein Haus aus Ziegeln bauen sollte? Komm raus, komm raus, du kleines Schweinchen! Oder ich hole mal kurz Luft und zerquetsche diese Hütte wie eine Streichholzschachtel!>

Sie holte Schwung und warf ihr ganzes Gewicht wie eine Ramme nach vorn.

WUMM ! KRRRRA-A-ACH !

<Das sollte genügen, um die Leute davon zu überzeugen, dass sie zurücktreten>, sagte sie. <Jetzt gehen wir rein.>

Sie nahm drei Elefantenschritte Anlauf, preschte vor und schleuderte ihren tonnenschweren Leib gegen die dünne Holzwand.

BAMM ! Die Wand stürzte ein.

Jetzt schrien die Leute wirklich. „Hey, ich hau ab!“

Glücklich stampfte Rachel über zerborstene Balken und gesplittertes Sperrholz nach drinnen, trompetete wie verrückt, schwang ihren großen Rüssel vor und zurück und richtete die Art von Chaos an, die sie so liebte.

<Alles raus!>, befahl sie in öffentlicher Gedankensprache. <Tollwütiger Elefant! Wahnsinniger Elefant ausgebrochen! Es ist Dumbozilla!>

In der allgemeinen Panik würde sich keiner erinnern, dass eigentlich niemand da war, der diese Warnung gerufen hatte. Ich folgte Rachel behutsam. Sie schlenkerte eifrig ihren Rüssel rauf und runter, dass die niedrige Decke bei jedem Schlag hüpfte.

Ich zwängte mich an ihr vorbei und suchte nach dem kleinen Hork-Bajir. In seinem Käfig entdeckte ich ihn. Aber ich war nicht allein. Auf der anderen Seite des Käfigs standen drei Männer. Zwei von ihnen trugen normale Schusswaffen. Der dritte aber hielt eine Waffe in der Hand, die ich schon viel zu oft gesehen hatte: einen yirkanischen Draconstrahler.

Die drei Human-Controller glotzten mich an. Nicht so, wie richtige Menschen bei der plötzlichen Begegnung mit einem Hork-Bajir reagieren würden. Sondern wie Leute, die schon mit Hork-Bajirs vertraut sind und sich bloß wundern, hier einen anzutreffen.

<Ähem, Rachel?>, sagte ich.

<Was? Sorry, ich bin gerade voll beschäftigt. Ich muss einfach die Bude zu Kleinholz machen.>

<Heb das für Jake auf>, sagte ich. <Wir haben Gesellschaft.>

„Wer seid ihr?“, fragte einer der Männer. „Visser Drei hat uns nicht informiert, dass … Moment! Das ist einer der abtrünnigen Hork-Bajirs! Einer von den geflohenen Wirten!“

Bek sah mich flehend an. Die Controller richteten ihre Waffen auf mich. Und einer von ihnen schrie in eine Armbanduhr, die ein Kommunikationsterminal gewesen sein muss.

Jetzt würde es sehr rasch hässlich zugehen. Sie waren hier, um sich das Hork-Bajir-Kind zu schnappen. Wir auch. Aber mit einem Unterschied: Denen mochte es egal sein, ob Bek lebte oder starb.

KAPITEL 18

„Aha, ein flüchtiger Hork-Bajir“, sagte einer der Controller. „Schnappen wir sie uns alle beide! Visser Drei wird hocherfreut sein.“ Er hob seinen Draconstrahler und richtete ihn auf mich. „Du kannst es dir leicht machen oder schwer, Hork-Bajir.“

Bek war zwischen ihnen und mir. Wenn ich angriff ... Zum Glück war ich nicht allein. Ich sah den Wolf erst, als er auf dem Controller drauf war. Seine großen Kiefer hatten sich fest in seine Schießhand verbissen.

„Aaaahhhh!“, schrie er.

<Cassie? Gutes Timing!>

<Ja, ich bin’s, aber steh hier nicht einfach nur herum. Da kommen noch mehr! Viele!>

Ich zögerte keine Sekunde länger. Ich sprang über Beks Käfig und landete mit meinen T-Rex-Füßen voraus auf einem weiteren der Männer.

Hork-Bajirs mögen ja meistens keine Genies sein, aber flink sind sie.

Mein Opfer ging mit einem Aufschrei zu Boden und versuchte krabbelnd zu fliehen.

PAMM ! Der Schuss war so nah, dass der Knall mehr schmerzte als die Kugel, die ein hübsches, rundes Loch in meine Ellenbogenklinge schlug.

Instinktiv holte ich aus. Die Knarre fiel zu Boden. Und der Controller dürfte jetzt Mühe haben, mehr als acht Finger an seinen Händen zu zählen.

Wir waren kurzfristig im Vorteil, Cassie und ich. Ich fummelte mit plumpen Hork-Bajir-Fingern am Schloss von Beks Käfig herum. Dann schob sich etwas Schwarzes, Zottiges und Wuchtiges an mir vorbei.

<He! Lass Gorillaboy das für dich erledigen>, sagte Marco. <Hier sind nämlich Vorsicht, Geduld und Fingerspitzengefühl vonnöten.>

Er packte die Vorderseite des Käfigs, quetschte seine Wurstfinger durch die Stäbe und … RRRIIPP !

Der Käfig wurde aufgerissen wie eine Chipstüte.

<Komm mit mir, Bek>, sagte ich zu dem verängstigten Hork-Bajir-Kind.

<Ket Halpak?>

<Äh … ja. Komm mit.>

Er nahm meine Hand und in dem Augenblick brach die Hölle los.

BLAMM ! BLAMM ! BLAMM !

TSIIUUPP ! TSIIUUPP !

Das gleißende Licht von Mündungsblitzen und noch stärker blendende Draconstrahler. Explosionen, die den Raum erschütterten.

Plötzlich ein Elefant.

Plötzlich Gesichter – wütende, ängstliche Gesichter, vom Schein des Mündungsfeuers angeleuchtet.

Es war, als hätte mich jemand in den Magen geschlagen. Für einen Augenblick war ich verwirrt. Hatte Bek mich in seiner Panik getroffen?

Nein. Eine Kugel! Ich konnte das Loch sehen. Das Blut.

<Hrrriii-YAH !>, trompete Rachel.

Inzwischen liefen hier noch mehr Tiere durcheinander. Der Luchs, der aus seinem Käfig ausgebrochen war. Ein wild um sich schlagender Tiger. Ein Gorilla, der Fäuste von der Größe eine Schinkenkeule schwang.

Und ein Andalit, dessen Schwanz wie eine Bullenpeitsche kreiste und mit erschreckender Genauigkeit traf.

Der Angriff erfolgte gnadenlos und verzweifelt. Kugeln schwirrten durch die Luft! Flammen züngelten rings um mich. Rauch stieg auf. Ich fasste Beks Hand und stolperte rückwärts, auf der Suche nach einem Fluchtweg. Aber von den wütenden Blitzen der Waffen abgesehen, war es ziemlich dunkel. An manchen Stellen hing die Decke tief herab. Wände waren verbeult. Käfige lagen hier und dort verstreut. Tiere schrien. Menschen riefen. Der Schmerz kam urplötzlich. Ich krümmte mich, ließ aber Beks Hand nicht los. Er riss und zog und zerrte.

Jetzt gewann die Schlacht an Übersicht. Die Controller hatten die vordere Hälfte des Gebäudes besetzt und auf der Rückseite liefen noch mehr von ihnen herum, platschten hastig durch den Alligatorentümpel, um uns den Weg abzuschneiden.

Rachel morphte sich zurück. Ihre elefantöse Fülle richtete mehr Schaden an, als gut war. Während sie auf Menschenformat zurückschrumpfte, duckte sie sich außer Sicht und verschwand in der Dunkelheit.

Die Controller – es muss inzwischen ein Dutzend oder so gewesen sein – gaben sich jetzt etwas bescheidener. Sie kauerten sich hinter ihre Deckung und ballerten wild herum, zweifellos in der Erwartung, dass sie uns den Fluchtweg abschneiden könnten.

<Tobias! Bring das Kind hier raus!>, rief Jake.

<Du brauchst mich>, keuchte ich.

<Schaff. Ihn. Raus!>

Ich packte Bek fester und begann mich rückwärts der zertrümmerten Wand zu nähern, durch die wir reingekommen waren. Der Schmerz in meinem Magen fühlte sich so an, als hätte mir jemand ein rot glühendes Schwert hineingerammt. Eine kühle Brise strich über meinen Rücken. Ich drehte mich um, bereit, durch das Loch in die Nacht dahinter zu tauchen. Aber der Weg war nicht frei.

Da stand ein Andalit.

Er war älter als Ax, größer, von Kämpfen gezeichnet. Er verströmte eine Dunkelheit, die schwärzer war als die Nacht. Eine Finsternis, die von der gewundenen, bösen Schnecke herrührte, die im Inneren dieses geknechteten Andalitenhirns lebte.

Visser Drei!

Er ließ seinen Andalitenschwanz vorschnellen. Ich wich zurück. Doch in dem Augenblick, als ich den Andalitenkörper bemerkte, der einst einem mächtigen andalitischen Kriegerprinzen gehört hatte, bemerkte ich die Veränderung.

Er morphte. Visser Drei, der einzige Andaliten-Controller. Der einzige Yirk, der die Macht zu morphen besaß.

Visser Drei, der auf seinen Reisen durch die Galaxie die Morphs der tödlichsten Kreaturen des bekannten Universums übernommen hatte.

<Aha, ein flüchtiger Hork-Bajir>, sagte er und klang entzückt. <Der kleine Ausreißer und der Überläufer. Ket Halpak, wenn ich mich nicht irre. Nun, mein Hork-Bajir-Freund, ich werde dich schon bald im Yirkpool zurückhaben. Bald wirst du wieder zu uns gehören.>

KAPITEL 19

<Armer, dummer Hork-Bajir>, sagte Visser Drei und triefte vor gespieltem Mitleid. <Du kannst nicht mal die Pracht dieses Morphs würdigen. Ein so genannter *Kaftid.*>

Der Andalitenkopf des Vissers wurde schmaler und streckte sich, bis er an den Kopf eines Seepferdchens erinnerte. Ihr wisst schon, mit so einem starren, rüsselförmigen Mund. Sein Hals wurde länger. Zwei ledrige Flügel, mit denen er wohl kaum hätte fliegen können, sprießten direkt hinter dem Kopf hervor. Sein vierbeiniger Körper mutierte und brachte ein fünftes, sechstes, siebtes und achtes Glied zum Vorschein! Der Schwanz verschwand, und wo ein blaues, goldbraun schimmerndes Fell gewesen war, wuchs nun eine grüne, schleimige, froschähnliche Haut. Visser Drei erhob sich auf zwei mächtige Beine, die sechs weiteren Gliedmaßen fingerten durch die Luft.

Ich zog Bek an mich, ignorierte einen ziehenden Schmerz und versuchte dem Monster auszuweichen, in das Visser Drei sich gerade verwandelte. Aber Bek drehte durch. Er jaulte und schrie und wollte zurück in die vermeintliche Sicherheit des Gebäudes.

Ich wollte ihn hochheben, war jedoch mit meinem Hork-Bajir-Körper nicht vertraut und daher besorgt, den kleinen Hork-Bajir mit meinen Klingen zu verletzten. Schließlich gelang es mir, einen Arm um Beks Taille zu legen und rannte rechts an dem Visser vorbei.

Zu spät!

SsssBussss!

Eine merkwürdige Flüssigkeit von frostschutzmittelblauer Farbe spritzte aus dem Schmollmund des Ungeheuers. Sie verfehlte mich um Haaresbreite und traf einen herabgefallenen Balken.

Hsssssss!

Säure! In Sekundenschnelle fing das Holz an zu qualmen und löste sich unter der ätzenden Wirkung der Säure auf.

<Hah-hah-hah!>, rief der Visser. <Bist du bereit, dich zu ergeben, Hork-Bajir? Du bist kein Kämpfer! Dein Volk war dazu bestimmt, uns als Sklaven zu dienen!>

Aufgeben. Was für eine hervorragende Idee. Mit Bek auf dem Arm konnte ich einen direkten Angriff auf dieses grässliche, Säure speiende Weltraummonster nicht riskieren.

<Ich ergebe mich!>, rief ich.

<Dann runter mit dem Gesicht auf den Boden!>, fauchte er. <Ich muss mich noch um andalitische Banditen kümmern. Runter mit dem Gesicht in den Dreck, Sklave. Und halte auch den Kleinen fest.>

<Jawohl. Runter aufs Gesicht>, sagte ich und bemühte mich nach besten Kräften, wie ein Hork-Bajir zu klingen.

Ich kniete mich hin und begann mich flach auszustrecken. In dem Moment wurde Visser Drei nervös. Er wollte unbedingt zu den anderen und stürmte an mir vorbei.

Dabei kam er mir allerdings etwas zu nahe. Und plötzlich hatte er statt acht nur noch fünf Beine. Ein schneller, kraftvoller Armzug. Zack! Zack! Zack! Ich fühlte mich wie dieser neue Rasierer mit drei Klingen.

<Arrggghhh!>, brüllte er vor Schmerz und Wut. Mit nur noch einem linken Bein konnte er sich nicht halten und kippte um. Doch selbst im Fallen verdrehte er den Kopf und zielte. Aus kürzerer Entfernung. Auf Bek.

Jeden Muskel meines Körpers anspannend, wälzte ich mich auf Bek, brachte meinen Rücken zwischen ihn und die Säuredusche des Vissers.

Schmerz! Unvorstellbarer Schmerz! Ich brannte bei lebendigem Leib! Ich stand in Flammen!

Ich konnte nicht denken, mich nicht unter Kontrolle halten, nicht mal für einen Augenblick.

Ich rappelte mich hoch und stolperte schreiend vor Qual zu der Lagune und ließ mich ins Wasser fallen.

Wasser. Gesegnetes, schlammiges Wasser verdünnte die Säure, ehe sie sich ganz durch mein Rückgrat fressen konnte.

Erleichterung!

Aber als ich von dem abklingenden Schmerz bibberte, da merkte ich, dass ich Bek losgelassen hatte. Schlammtriefend erhob ich mich aus dem Teich und blickte panisch in Richtung Ufer.

Kein Visser Drei. Kein *Kaftid.*

Und kein Bek.

<Neeiiin!>, schrie ich voller Angst.

Aus den Trümmern von Frank's Safariland kam ein stämmiges, trügerisch pummeliges Tier. Es rannte zum Rand des Gewässers und blieb dort stehen. Dann richtete es sich zu voller Größe auf, so hoch wie ein Hork-Bajir.

Der Grislibär blinzelte kurzsichtig. <Tobias?>

<Ich hab Bek verloren!>

<Komm aus dem Wasser oder du verlierst auch noch deinen Arsch!>, schrie Rachel. <Die Alligatoren haben dich schon entdeckt!>

<Ich hab Bek verloren!>, rief ich.

<Vergiss ihn>, sagte sie schroff. <Die Yirks fliehen. Und das sollten wir auch. Die Bullen rücken mitsamt Feuerwehr und Sanitätern an. Los, wir hauen ab!>

KAPITEL 20

Ich hatte den kleinen Hork-Bajir verloren. Die Yirks hatten ihn in ihrer Gewalt. Und ich ihn verloren. Vielleicht würden sie ihn zwingen, den Weg zum geheimen Tal der Hork-Bajirs zu verraten. Vielleicht.

Vielleicht würden sie ihn zu einem Controller machen. Alles wegen mir. Weil ich mich vom Schmerz hatte ablenken lassen. Weil ich unkonzentriert war.

Das war der Mensch in mir gewesen. Der Mensch in mir hatte dem Schmerz zu große Bedeutung beigemessen. Ein Bussard wusste es besser. Ein Bussard machte sich nichts aus Schmerzen.

Ich war auf meiner Wiese. Die Sonne ging gerade auf, um sich sogleich hinter der grauen Wolkendecke zu verstecken, die während der Nacht aufgezogen war.

Ich war ausgehungert.

Und warum? Warum hatte ich nichts gefressen? Der Mensch in mir. Wie sonst war diese seltsame Verwirrung zu erklären, die ich fühlte, jene entsetzlichen Visionen von mir als meiner eigenen Beute?

Mensch.

Ich konnte wieder ein Mensch werden. Jetzt gleich konnte ich es tun. Auf der Stelle konnte ich die zwei Stunden absitzen und würde nie, nie mehr töten müssen, um zu essen. Nun ja ... zumindest bräuchte ich das Töten nicht selbst zu besorgen.

Ein schneller Morph, zwei Stunden warten – und ich wäre wieder da. Zurück, wo für mich alles begonnen hatte. Ein Mensch. Tobias, der Junge.

Seit der Ellimist mir meine Morphfähigkeit wieder gegeben und mir ermöglicht hatte, meine Tobias-eigene DNS zurückzuholen, hing die Frage in der Luft. Rachel machte sich so ihre Gedanken, das weiß ich. Einmal hatte sie mich gefragt, wieso ich nicht einfach wieder ganz ein Mensch werden wollte.

Ich hatte ihr darauf keine Antwort gegeben.

Plötzlich sah ich den anderen Bussard ins Blickfeld gleiten.

Er wurde frecher. Aggressiver. Wie lange würde es dauern, bis er angriff und ich das Feld räumte? Selbst ein alter, kranker Bussard hätte einen besseren Kampf geliefert, als ich es bisher getan hatte.

Er kreiste über dem Kaninchenloch. Meinem Kaninchenloch. Er war ein richtiger Bussard. Echt. Nicht so eine Missgeburt mit einer Klaue in der einen Welt und einem Fuß in der anderen.

<He, du da>, sagte ich in Gedankensprache. <Ja, du. Bussard. Warum wilderst du nicht in irgendeinem anderen Revier?>

Keine Antwort. Natürlich nicht. Worte hatten für ihn keine Bedeutung. Sie waren nicht mal Hintergrundgeräusche. Ebenso gut hätten sie Stille sein können.

<Das sind meine Kaninchen, du Idiot. Verpiss dich. Ich weiß, ich fresse sie nicht, aber trotzdem sind es meine. Ich weiß, ich kann nicht wie ein richtiger Bussard jagen und töten. Aber musst du es mir so unter die Nase, pardon, den Schnabel reiben?>

Der Hunger kam in Schüben.

Was für ein erbärmliches Leben. Was für eine verachtungswürdige Kreatur war ich. Um als Bussard leben zu können, musste ich mich gegen einen Artgenossen wehren. Ein Vogelkampf. Und weshalb? Um ein Kaninchen? Ein paar Mäuse? Ich sollte gegen diesen Vogel um das Recht kämpfen, Nagetiere zu töten und fressen zu dürfen?

Bisher hatte ich keine Wahl gehabt. Jetzt schon.

Bisher hatte ich mir sagen können, dass ich sonst keine Bleibe hatte. Niemanden, der mich aufnahm. Keine Eltern. Keine Familie. Jetzt war diese Person namens Aria aufgetaucht. Sie machte sich tatsächlich die Mühe, mich zu finden, wollte sich um mich kümmern.

Vielleicht.

Vielleicht war ich verrückt?

<Tobias?>

Erschrocken fuhr ich herum. Dann erkannte ich Ax' Gedankenstimme und beruhigte mich. Er kommt manchmal vorbei. Wir sind das bizarre Paar der Galaxie: der Alien und der Vogeljunge.

<Hey, Ax-Man, alles senkrecht?>

<Senkrecht ist das Gegenteil von waagrecht. Obwohl jene Begriffe außerhalb des Kontexts eines klar begrenzten Schwerefelds natürlich bedeutungslos sind.>

<Ooookay.>

<War das komisch? Ich habe probiert, einen Witz zu machen.>

<Ah. Nun ja … mich darfst du wohl nicht fragen>, meinte ich ausweichend. Ich blickte von meinem Ansitz auf das unheimlich aussehende Wesen, das mein Freund war. Wer einen Andaliten betrachtet, dem wird zwangsläufig sofort klar: Sie sind nicht hier aus der Gegend. Er sah mit einem Stielauge zu mir rauf. Mit dem anderen spähte er nach links und rechts, während seine Hauptaugen die Wiese überblickten.

<Hast du schon gegessen?>, fragte er.

Ich könnte lügen. <Nein.>

<Es gibt nicht genügend Beute, oder?>

<So ist es. Und einen Beutejäger zu viel.>

<Stimmt, ich sah dieses andere Mitglied deiner Spezies.>

<Ich habe keine Spezies>, sagte ich. <Ich bin eine einzigartige Laune der Natur.>

Ax wusste hierauf keine Antwort. Ich schätze, bei Andaliten haben Selbstmitleid oder andere sinnlose Emotionen dieser Art keinen Platz.

Ich seufzte. <Tut mir Leid. Ich bin hungrig und hab miese Laune.>

<Hunger lenkt ab>, billigte mir Ax zu. <Da die anderen heute in ihrer Menschenschule sind, dachte ich, könnten wir vielleicht dieser Ariafrau etwas auf den Zahn fühlen.>

<Wir sollten lieber diesen kleinen Hork-Bajir finden, den ich verloren habe>, sagte ich verbittert. <Nicht meine Verwandte abchecken.>

<Das erste Mal hast du den Hork-Bajir gefunden, indem du dieser Aria gefolgt bist.>

Wollte er damit etwas andeuten? Nein, das war bloß Zufall, oder nicht? Aria war Naturfotografin. Sie hatte von diesem seltsamen Tier gehört und war rausgefahren, um es sich anzusehen. Sie konnte kein Controller sein. Warum sollte ein Controller sich über die Behandlung von Tieren in Frank's Safariland beschweren?

<Okay, Ax-Man. Da haben wir jedenfalls was zu tun.>

Ich warf einen letzten Blick auf meinen Rivalen. <Los>, sagte ich zu ihm. <Reiß sie dir schon unter den Nagel, die blöde Wiese.>

KAPITEL 21

Wir wechselten uns ab, Ax und ich. Er benützte die Dächer der Wolkenkratzer zum Morphen und Zurückmorphen. Dort war er vor neugierigen Blicken geschützt.

An jenem Tag flogen bis abends ein Rotschwanzbussard und eine Kornweihe permanent um das Hyatt Regency Hotel herum. Als Aria zum Lunch die Straße runterging, folgten wir ihr. Als sie eine Ausstellung von Schwarzweiß-Fotografien besuchte, morphte ich mich in Menschengestalt und blieb in ihrer Nähe. Wir beschatteten sie. Stunde um Stunde. Wir warteten ab und bespitzelten sie, ob sie Kontakt zu einem bekannten Controller aufnahm. Ob sie irgendeinen Versuch unternahm, den weitläufig unter unserer Stadt angelegten Yirkpool aufzusuchen.

Ein Yirk muss alle drei Tage zum Yirkpool zurückkehren. Wir konnten sie nicht drei Tage lang beschatten, aber einen Großteil dieser Zeit.

Und sie tat nichts von alledem. Dafür hatten wir sie nach achtstündiger Beobachtung beim Essen gesehen, beim Zeitunglesen, beim Spaziergang im Park, mehrmals bei ihrer Rückkehr ins Hotel und beim Verlassen desselben.

Niemand war auf sie zugegangen.

Wir hatten nichts rausgekriegt. Rein gar nichts, außer dass ihr das Hotelzimmer offenbar gefiel. Sie verließ es mehrmals, kam jedoch alle paar Stunden zurück. Und sie zog die Vorhänge nicht zu. So konnten wir sie prima beobachten, außer wenn sie ins Bad ging und die Tür schloss.

<Was ist hinter dieser Tür?>, fragte Ax.

<Die Toilette>, sagte ich. <Du weißt schon. Zum Pinkeln und so weiter.>

<Aha. Gibt es denn keine … keine Toiletteneinrichtungen außerhalb des Hotels?>, wunderte sich Ax.

<Doch, klar. Aber weißt du, ich glaube, Frauen sind da heikler als Männer, was die Benützung öffentlicher Toiletten angeht.>

<Warum?>

<Ach, keine Ahnung. Wahrscheinlich wegen dieser ganzen Kontroverse um Hinsetzen oder Stehenbleiben.>

Ax hatte keinen blassen Schimmer, wovon ich sprach. Aber er schnallte es wohl, dass er die Sache abhaken sollte. Außerdem war Aria nach ihrem Boxenstopp wieder auf der Piste.

Wir holten sie draußen ein. Sie lief in schnellem Schritt über den Gehweg. Es war jetzt vielleicht drei Uhr nachmittags. Zeit, dass wir heimdüsten und uns mit Jake und den anderen trafen.

Und da passierte es. Ein kleines Mädchen riss sich von seiner Mutter los, drehte sich um und rannte zurück auf die Fahrbahn. Ein Linienbus bretterte direkt auf die Kleine zu. <Pass auf!>, rief ich instinktiv.

Ich hörte die Mutter schreien. Aber sie war zu weit weg.

Ich sah, wie Arias Kopf herumwirbelte. Sie erfasste sofort die Situation, dass es gleich ein Unglück geben würde, ließ ihre Kamera fallen und machte einen Hechtsprung, als wollte sie den Läufer noch an der Zwei-Yard-Linie abfangen. Sie prallte gegen den Rücken des Mädchens, stieß es nach vorn und kullerte mit der Kleinen auf den schmalen Mittelstreifen aus Beton.

Jetzt kam die Mutter angerannt. Das kleine Mädchen brüllte, schien aber unverletzt. Aria stand auf und klopfte sich den Staub ab.

<Sie hat der Kleinen gerade das Leben gerettet>, sagte ich.

<Ja. Und hätte dabei leicht selber sterben können.>

<Oh, mein Gott>, sagte ich langsam, verwundert. <Sie ist wirklich ein Mensch. Kein Controller hätte das je getan!>

<Nein>, sagte Ax . <Das macht es ganz klar, dass Aria sich nicht wie ein Controller benimmt. Glasklar.>

Etwas an Ax' Wortwahl störte mich, aber ich vergaß es im nachfolgenden Gefühlsausbruch.

Ich hatte geglaubt, dass dies alles eine Falle wäre. Ich hatte angenommen, Aria wäre ein Controller.

Aber das war sie nicht. Sie war das, wofür sie sich ausgab: eine menschliche Frau, die auf der Suche nach ihrem seit langem vermissten Vetter Tobias war.

Meine letzte Entschuldigung dafür, ein Bussard zu bleiben, die Rückkehr zum Menschsein abzulehnen, war dahin. Jetzt *konnte* ich ein Zuhause haben. Jetzt *konnte* ich eine Familie haben.

Korrekt. Es stimmt alles.

Ich konnte ein Zuhause haben. Wie ein Mensch. Ein Heim! Ich würde mein Frühstück nicht töten. Ich würde kein Aas von der Straße fressen. Ich würde in einem Bett schlafen. Und Rachel würde mich anschauen, ohne das Mitleid in ihren Augen verstecken zu müssen.

KAPITEL 22

An jenem Abend flog ich zu Rachels Zimmer. Ich konnte nicht schlafen. Und ich war buchstäblich am Verhungern. Doch das Letzte, woran ich jetzt denken konnte, war Jagen. Sie war früh schlafen gegangen, hatte aber das Fenster offen gelassen. Ich flatterte hinein und landete auf ihrem Schreibtisch. Als ich merkte, dass sie schlief, wollte ich wieder gehen.

„Nein, warte. Bleib hier", sagte sie, rieb sich den Schlaf aus den Augen und setzte sich auf. Das Licht knipste sie nicht an.

Irgendwie war ich erleichtert.

„Du hast das Treffen verschwitzt", sagte Rachel.

<Ja. 'tschuldigung. Was habt ihr denn wegen Bek beschlossen?>

Rachel dröselte in ihren Haaren herum. „Jake meinte, die Yirks würden ihn wahrscheinlich als Köder benützen wollen, um die anderen freien Hork-Bajirs zu fangen."

<Ja?>

„Diese Einrichtung, über die sich die Hork-Bajirs in Schweigen hüllten. Die, wo sie eingebrochen sind, um die anderen Hork-Bajirs zu befreien. Jake meint, sie werden Bek dorthin bringen. Als Köder sozusagen."

<Das will Jake zumindest glauben>, sagte ich mit Bedauern. <Jara, Ket und Toby vertrauten mir diese Information an. Vielleicht sucht Jake bloß nach einem Vorwand, um die Hork-Bajirs auszuquetschen, damit sie uns diesen Ort verraten.>

Rachel sah mich an, als wollte sie gleich mit mir streiten. Dann bog sie es doch noch irgendwie zu einem Lachen um. „Möglich. Spielt aber keine Rolle. Wir haben keine andere Spur. Entweder ist Bek an diesem Ort oder er ist unten im Yirpool. Oder tot. Auf alle Fälle müssen wir morgen bei Tageslicht dorthin. Der Unterricht fällt wegen einer Lehrerkonferenz aus."

Ich krümmte mich. <Ich habe Jara, Ket und Toby gesagt, ich würde ihnen den kleinen Hork-Bajir zurückbringen.>

„Haben wir ja auch fast geschafft. Es ist nicht deine Schuld, dass die Yirks ihn geschnappt haben."

Ich ließ das so stehen.

Es war mein Fehler, jedoch war es sinnlos, wenn wir beide uns die ganze Nacht lang mit „Doch, das war es, nein, war es nicht" nervten.

<Ax und ich sind dieser Frau namens Aria gefolgt>, sagte ich.

„Ja, Ax erwähnte so was."

<Ich – ich glaube, sie könnte echt sein. Nicht, dass das wichtig wäre, ehrlich. Ich meine, weißt du …>

Rachel kletterte aus dem Bett und kam rüber, um sich dicht neben mich an den Schreibtisch zu setzen. „Natürlich ist es wichtig, Tobias. Sie gehört zur Familie. Und sie will sich um dich kümmern."

Ich lachte gequält. <Ja, das wird der totale Knüller. ‚Hallo, Kusine Aria. Ich bin's, Tobias. Nein, hier drüben: der Vogel. Ja, dein Vetter ist ein Rotschwanzbussard. Überraschung!'>

„Das *musst* du aber nicht sein."

Ich tat so, als ob ich nicht wüsste, wovon sie sprach.

<Was?>

„Tobias, du hast die Macht, wieder ein Mensch zu werden. Ein richtiger Mensch."

<Hm-mmh.>

„Du kannst als Mensch zu dieser Frau gehen. Du kannst wieder Tobias werden. Du kannst eine Familie haben. Jemanden, der für dich da ist und sich um dich kümmert."

<Ich brauch keinen, der sich um mich kümmert>, sagte ich trotzig.

Plötzlich sprang Rachel auf. „Tobias, stell dich nicht dumm! Du weißt, was ich meine. Du glaubst wohl, ich wüsste nicht, dass du Hunger hast? Ich sehe dich an und weiß Bescheid. Irgendwas stimmt in letzter Zeit nicht. Ich hab dich nämlich gesehen, wie du – ach, egal."

Ich hatte einen Kloß im Hals. <Was?!>, schrie ich beinahe. <Du hast *was* gesehen? Wie ich dieses … dieses Aas von der Straße gefressen habe? Ist das irgendwie anders als

das, was du tust? Oder irgendein Mensch? Du gehst zum Supermarkt und kaufst Fleisch von Rindern, Schweinen oder Hühnchen, die auch schon seit Tagen tot sind!>

„Dass du Aas gefuttert hast, ist mir egal. Hör auf, dich wie ein Idiot zu benehmen! *Du* bist mir wichtig. Und wenn ich dich bei so was beobachte, dann weiß ich, dass es für dich nicht gut läuft. Aber du verkriechst dich in deiner eigenen kleinen Vogelwelt und niemand darf dir helfen. Eher würdest du verhungern, als dass du um Hilfe bittest. Du kannst nie zugeben, dass dich dein Leben womöglich ankotzt, weil du dich dann schwach fühlst."

<Ich bin ein Bussard>, blaffte ich Rachel an. <Ein Raubvogel. Wenn wir schwach sind, sterben wir. So ist das Gesetz der Natur. Ich bin kein Mensch. Nicht mehr. Niemand hilft einem Bussard. Ein Bussard lebt durch seine Augen und Flügel und Klauen.>

„Du und ein Bussard?", höhnte Rachel. „Du *sprichst,* Tobias. Du *liest.* Du hast *Gefühle.* Solche Merkmale kennt man von Menschen, nicht von Raubvögeln."

<Ja! Ja! Meinst du, das wüsste ich nicht? Deshalb leide ich ja Hunger: Eben weil ich nicht genug Bussard bin. Das ist auch der Grund, warum ich Bek entkommen ließ: Weil ich so weit Mensch war, dass ich mich mehr um meinen Schmerz und meine Angst gekümmert habe als um meine Pflichten.>

„Quatsch", sagte Rachel verärgert. „Das ergibt doch keinen Sinn. Weißt du was? Du musst dich entscheiden, Tobias. Du kannst als Bussard leben. Aber trotzdem wirst du nie, niemals, nicht in Millionen Jahren, ein richtiger, echter Bussard sein. Wenn du ein Bussard bleiben willst, wirst du sein, wie du jetzt bist: verwirrt, widersprüchlich, innerlich zerrissen und nie im Klaren über dein wahres Ich. Oder … oder du kannst wieder ein Mensch sein. Ein vollwertiger Mensch. Du kannst bei dieser Aria leben und an einem Tisch essen und in einem Bett schlafen."

<Und nie fliegen>, sagte ich. <Nie mehr fliegen. Nie mehr mit Raubvogelaugen sehen. Nie wieder morphen. Ich weiß, ihr anderen wärt alle nett zu mir, aber ich würde euch alle verlieren. Ich würde kein Animorph mehr sein.>

„*Mich* würdest du nicht verlieren", sagte Rachel.

Lange Zeit sprach keiner von uns. Dann flüsterte Rachel mir zu: „Was soll ich machen, Tobias? Ich bin ein Mädchen. Du bist ein Vogel. Das ist viel schwieriger als Romeo und Julia, Montagues und Capulets. Wir sind … wir können nicht Händchen halten, Tobias. Wir können nicht tanzen. Wir können nicht zusammen ins Kino gehen."

<Ich … meine Güte, Rachel, glaubst du, das wüsste ich nicht alles selber? Glaubst du, ich hätte das nicht auch gern? Aber ich kann mich nicht ständig verändern. Ich kann nicht immer wieder zu etwas anderem werden.>

„Noch ein einziger Wechsel, Tobias. Zurück zum Menschen. Du wärst raus aus diesem blöden Krieg und frei von allen Gefahren, die ein Leben als Bussard mit sich bringt. Ich bräuchte mir keine Sorgen mehr um dich zu machen."

Das reichte. Mehr konnte ich einfach nicht ertragen. Das war zu viel. Ich hatte das Gefühl, als müsste ich

platzen, wenn ich nicht von ihr loskam. Ich konnte diese große Nähe nicht ertragen … es ging nicht.

Ich wandte mich ab und machte mich flugfertig.

„Tobias. Er ist übrigens morgen. Dein Geburtstag. Ich hab Marco ins Schularchiv reinhacken lassen. Morgen musst du dich mit dem Anwalt und Aria treffen. Was immer da passiert – wie immer du dich entscheidest –, komm mich danach besuchen, okay? Vielleicht gibt's ja einen Kuchen mit 'ner Kerze drauf."

Ich breitete meine Flügel aus und flog davon.

KAPITEL 23

In jener Nacht schlief ich nicht viel. Das Gespräch mit Rachel hatte mich nicht gerade friedlich gestimmt. Am Morgen, in ein paar Stunden, würden wir alle zu den Hork-Bajirs gehen. Ich würde sie fragen, wo sich die geheime Anlage der Yirks befand. Wir würden ihnen sagen, dass die Yirks Bek dort gefangen hielten. Vielleicht wäre das ja sogar die Wahrheit.

Es würde eine Schlacht geben. Vielleicht würden wir sie überleben, vielleicht auch nicht. Und dann würde ich noch einen anderen Kampf ausfechten müssen. Einen gegen mich selbst.

Mensch oder Bussard? Was war ich?

Ich hockte auf meinem Baum, krallte mich in meinen Sitzast und starrte über die Wiese. Mein Hunger war inzwischen mörderisch. So schlimm, dass er mich schwächte. Wenn ich nicht fraß, würde ich nicht die Kraft haben, zu den Hork-Bajirs zu fliegen. Ich würde es nicht bis zur Schlacht schaffen.

Was das so wichtig? Hatte ich denn nicht genug getan? Hatte ich nicht einen genügend hohen Preis bezahlt? Ich konnte mich in Menschengestalt morphen. Ein Mensch bleiben. Als Mensch essen. Keine Revierkämpfe, keine Kämpfe gegen Yirks.

Und ich würde immer noch Rachel haben.

So eine simple Entscheidung. So leicht. Jeder Trottel wusste die Antwort. Werde ein Mensch! Sei ein Mensch! Im fahlen Schein des heraufdämmernden Morgens bemerkte ich das Zucken von Grashalmen. Das Kaninchen kam zur Futtersuche aus seinem Bau. So vorsichtig war die Mutter jetzt. Sie hatte eines ihrer Kinder verloren.

Dann sah ich meinen Rivalen. Er lauerte. Er beobachtete mich. Und genau in dem Moment wusste ich, heute war der Tag gekommen. Er konnte meine Schwäche sehen. Er wusste, dass er mich fertigmachen konnte.

Ich fing an zu zittern. Zu beben. Irgendeine Mischung aus Hunger und Angst und Gefühlen, die aufzulisten zu zahlreich waren.

Ich sah die Kaninchen deutlich. Sie waren meine Beute. Aber ich kannte die schreckliche Vision, die mich erwartete. Ich wusste, sobald ich auf mein Opfer herabstieß, würde ich selbst zur Beute werden.

Es war der Mensch in mir. Dagegen musste ich mich wehren! Wenn ich ein Bussard sein wollte, musste ich den Teil von mir vernichten, der Gefühle zeigte. Den Teil, der um die Tiere, die ich tötete, weinte. Kein Raubtier durfte Mitleid mit seiner Beute haben. Ich konnte nicht zulassen, dass ich den Schrecken spürte, den ich verbreitete, oder die von mir zugefügten Schmerzen fühlte.

<Es ist genug>, sagte ich zu dem fremden Bussard. <Das ist doch dumm. Ich werde nicht gegen dich kämpfen! Ich werde diese hilflosen Geschöpfe nicht töten. Ich bin fertig damit. Ich bin ein Mensch!>

Nein. Noch nicht, sagte ich zu mir. *Die anderen rechnen noch mit mir. Die Hork-Bajirs zählen auf mich. Später. Nach der Schlacht. Dann kann ich morphen und zu Aria gehen.*

Ich schlug mit den Flügeln und stieg in die Luft empor.

Ich brauchte was zu essen und da kam mir diese überfahrene Katze, die ich gesehen hatte, gerade recht. Nur dieses eine Mal noch. Dann würde ich alles hinter mir lassen. Ein letztes Mal würde ich das tote Tierfleisch vom Asphalt zupfen. Eine letzte Demütigung, ein letzter Kampf – und es wäre für immer vorbei.

Schließlich hatte ich heute Geburtstag. Ein guter Tag für eine Wiedergeburt. Ich fand die Katze. Und dann fraß ich so viel, bis ich pappsatt war.

KAPITEL 24

Wir, die Animorphs, standen vor den freien Hork-Bajirs. Ich saß auf einem niedrigen Ast und machte den Wortführer. Ich erzählte ihnen von unserem fehlgeschlagenen Rettungsversuch. Und ich erklärte unsere Vermutung, dass sich Bek in jener Anlage aufhielt, welche die Hork-Bajirs überfallen hatten, wo immer das sein mochte.

<Eine Falle>, meinte Toby.

<Ja.>

<Und ihr wollt in die Falle tappen?>

<Wir haben keine Wahl. Wir *werden* Bek befreien. Du brauchst uns nur den genauen Lageort dieser Anlage zu verraten.>

Toby überlegte einen Moment. Selbst jetzt war es unheimlich, mit einem Hork-Bajir zu reden, der auf meinem Niveau denken und sprechen konnte. Und manchmal vielleicht sogar ein bisschen darüber.

<Wir werden euch begleiten>, sagte Toby.

„Nein, nein", sagte Jake. „Wir arbeiten allein. Außerdem wollen wir uns ja bloß ein Hork-Bajir-Kind schnappen. Dazu brauchen wir keine ganze Armee."

<Es ist eine Falle>, sagte Toby. <Aber nur, weil die Yirks damit rechnen, dass wir Bek da rausholen. Wir müssen das Unerwartete tun. Wir müssen sie überraschen, während wir in ihre Falle laufen.> Ich sah Jake an. Der warf mir einen erstaunten Blick zu und zog eine Augenbraue hoch.

<Ich hab's dir doch gesagt: Toby ist kein gewöhnlicher Hork-Bajir>, sagte ich zu Jake in privater Gedankensprache.

<Die Yirks erwarten von uns eine Rettungsmission. Oder schlimmstenfalls eine Überfallaktion wie die, die wir schon durchgeführt haben: heimlich rein und raus, dann rasch im Wald verschwinden>, fuhr Toby fort.

„Und was schwebt dir vor?", fragte Jake sie.

Tobys Blick wurde hart. <Angreifen! Den gesamten Komplex zerstören. Auch wenn dabei einige Hork-Bajirs sterben müssten, vielleicht sogar Bek.>

Da war selbst ich schockiert. <Das hört sich ja furchtbar hart an, Toby.>

Sie lächelte grimmig. <Die Yirks dürfen nicht glauben, dass sie Geiseln gegen uns einsetzen können.>

„Verlierst du dabei nicht irgendwie das Wesentliche aus den Augen?", sagte Cassie ruhig. „Ich dachte, es ginge darum, Bek zu retten."

<Nein>, widersprach Toby. <Es geht darum, die Yirks zu schlagen. Wir müssen stark sein. Sobald wir einen Hork-Bajir befreien, darf er nie wieder gefasst werden.>

„Glaubst du, die Yirks werden euch achten? Das werden sie nicht. Sie werden euch noch stärker verfolgen", erklärte Cassie.

Toby nickte. <Das stimmt. Aber die Hork-Bajirs werden sich *selbst* achten. Ein Narr ist stark, damit andere es sehen sollen. Ein Weiser ist für sich allein stark. Die Hork-Bajirs werden für sich allein stark sein. So werden wir, wenn die Yirks alle fort sind, immer noch stark sein.>

„Dagegen ist nichts einzuwenden", sagte Jake.

Marco trat vor und zeigte mit dem Daumen auf Rachel. „Toby, darf ich dir Rachel vorstellen. Ihr beide könnt gemeinsam zum Psychiater gehen."

„Sie hat Recht", sagte Rachel und nickte. „Jemand schubst dich herum, du schubst zurück. Ganz egal, wer. Der andere darf nicht ungeschoren davonkommen."

Cassie verdrehte die Augen. „Klingt nach einer perfekten Rechtfertigung für einen Bandenkrieg."

„Zweiter Weltkrieg", schoss Rachel zurück. „Die Nazis machen Druck, du wehrst dich. Wenn nicht, töten sie dich sowieso."

„Nordirland? Der Mittlere Osten?", sagte Cassie.

„Sie schicken einen von deinen Leuten ins Krankenhaus, dann schickst du einen von ihren ins Leichenschauhaus. Und so weiter. So macht man das in Chicago."

Cassie und Rachel starrten Toby an.

Einen Moment herrschte Schweigen.

Dann nickte Rachel Toby zu.

Toby benötigte nur wenige Minuten, um die Hork-Bajirs zu versammeln. Zehn von ihnen kamen schließlich mit uns. Es wären auch mehr mitgegangen, aber wir bestanden darauf, dass einige zurückblieben. Nur für den

Fall. Zehn Hork-Bajirs und wir sechs. Nicht eben eine Armee. Aber auch nicht gerade eine Lachnummer. Wenn ich meine Entscheidung, ein Mensch zu werden, durchzog, würde das meine letzte Schlacht sein. Wir marschierten bis zum hintersten Winkel durch das Tal. Es war ein guter Spaziergang. Das Tal war groß genug, um noch viel mehr Hork-Bajirs aufnehmen zu können. Der Ellimist hatte mit seiner Wahl vorausschauend gehandelt. <Ich mit dir kämpfen>, sagte ein Hork-Bajir, den ich nicht kannte, zu mir, während ich so neben der Gruppe herflog.

<Was?>

<Im Yirkpool. Früher. Ich mit dir kämpfen.> Er grinste und zeigte auf eine hässliche Narbe quer über dem linken Auge. Dann imitierte er einen herabstoßenden Vogel, der ihm mit seinen Krallen das Gesicht zerkratzte. <Fal Tagut rufen ‚Aaaahhhh!'>

<Ich hab das gemacht? Das … tut mich Leid.>

<Nicht Leid tun! Fal Tagut nicht frei war.> Er tippte sich mit einer langen Klaue an den Kopf. <Fal Tagut hatten Yirk. Jetzt frei. Gut! Hork-Bajirs und Menschen Freunde. Toby sagen.> Es war eine lange Rede für einen Hork-Bajir. Fal Tagut schien davon erschöpft.

Ich war skeptisch bei der Vorstellung von einem friedlichen Zusammenleben zwischen Hork-Bajirs und Menschen, nachdem die Yirks erst besiegt wären. Die Menschheit konnte sich nicht eben rühmen, mit fremden Rassen gut auszukommen. Menschen töteten sich gegenseitig wegen ihrer Hautfarbe oder Augenform oder weil sie anders zu demselben Gott beteten. Schwer vorstellbar, dass Menschen zwei Meter große Kobolde beim örtlichen Pfadfinderklub willkommen heißen würden, wenn sie schon bei irgendeinem schwulen Jungen Probleme hatten. Man wird rumgeschubst und schubst zurück. Toby hatte das fein erkannt. Sie wusste, die Hork-Bajirs würden nach der Niederlage der Yirks stark sein müssen, um sich gegen die Menschen zu verteidigen. Man wird rumgeschubst und schubst zurück. Nur so konnte es gehen.

Nein, *nicht* nur so. Es gab auch einen anderen Weg. Zuerst mal nicht selber rumschubsen. Es sind die Angreifer, die die Spirale der Gewalt in Gang setzen. Es ist der Kerl, der morgens aufwacht und meint, dass er nicht durch den Tag kommen kann, ohne sich jemanden rauszupicken, den er anpöbeln, beleidigen, verprügeln kann.

Aber in welche Position gerät man dadurch? Soll man sich seine Reaktionen von irgendwelchen Arschlöchern diktieren lassen? Und immer brav auf das Niveau des Idioten sinken, der einem zufällig über den Weg latscht?

Meine Gedanken schweiften zu dem anderen Bussard. Zu dem, der mein Revier wollte. Da war es wieder: Schubsen und geschubst werden. Aber der Vergleich hinkte doch, oder etwa nicht? Dieser Bussard war kein Mensch. Er hatte nur seinen Instinkt. Ich konnte ihm nicht etwas vorwerfen, das in seiner Natur lag.

Also waren die Menschen vielleicht nicht besser. Vielleicht konnte man einem Menschentier nicht die Schuld dafür geben, dass es bloß ein Tier war. Außer dass mein

Rivale keine Wahl hatte, keinen freien Willen. Er hatte nie ‚Gesegnet sind die Friedfertigen' oder ‚Ich habe einen Traum' oder ‚Alle Menschen sind gleich' gehört. In diesem Moment fiel mir plötzlich zum ersten Mal auf, dass das, was ich für so einmalig an mir gehalten hatte – nämlich, dass ich halb instinktgesteuerter Beutejäger und halb Mensch war –, gar nicht so einmalig war.

Jeder Mensch – Jake, Rachel, Marco, Cassie, alle Menschen – lebt irgendwo in diesem Grenzbereich zwischen Wildem und Heiligem. Und der Punkt ist der, dass man, wenn dich jemand rumschubst, manchmal tatsächlich zurückschubsen muss. Und bei anderer Gelegenheit muss man auch noch die andere Wange hinhalten.

Ich sah die Narbe auf Fal Taguts Gesicht. Ich hatte sie ihm zugefügt. Damals hatte ich versucht, ihn zu töten, weil er versucht hatte, mich zu töten. Inzwischen standen wir auf der gleichen Seite.

Die Kunst besteht vermutlich darin, sich zu überlegen, wann man was tut. Wann man kämpfen und wann man passiv bleiben soll. Eine Gratwanderung. Und selbst wenn ich körperlich wie geistig wieder zum vollwertigen Menschen würde, würde dieser Drahtseilakt andauern.

Vielleicht hätte mich diese Erkenntnis deprimieren müssen. Aber das tat sie nicht. Sie gab mir einfach das Gefühl, ein Mensch zu sein.

KAPITEL 25

<Es handelt sich um eine bodengestützte Waffenbasis>, sagte Ax und bemühte sich, den schwelenden Zorn aus seiner Stimme zu verdrängen. <Man kann den bereits installierten Draconstrahler sehen. Sie brauchen nur noch die Zielsensoren auszurichten, um ihn einsatzfähig zu machen.>

Wir befanden uns am Rand einer kreisrunden Mulde, die in die Erde gegraben oder gesprengt worden war. Wir lauerten im dichten Wald. Und trotzdem hätte jeder, der sich aus der Luft oder am Boden näherte, nur dichten Wald gesehen. Holografische Projektoren sorgten für eine perfekte Illusion. Bis man nahe genug herankam.

Wanderer oder Camper, denen das passierte, dürften wohl kaum je wieder heimkommen. Ihnen drohte die Eliminierung durch die Patrouillen der Human-Controller und versklavten Hork-Bajirs. Eine solche Patrouille hatte uns aufgegabelt. Und jetzt wünschten sie sich, sie hätte es nicht getan. Die Human-Controller hingen fest verschnürt an einem Ast hoch oben in einem riesigen Baum. Die Hork-Bajirs mögen ja keine Atomphysiker sein, aber mit

Ranken, Wurzeln und Bäumen im Allgemeinen kennen sie sich bestens aus. Diese Controller würden die nächste Zeit nirgendwohin gehen.

Die Hork-Bajir-Controller, vier insgesamt, waren bewusstlos geschlagen und ihre Gesichter in Erdlöcher gedrückt worden. Anscheinend hielt sie das länger bewusstlos. Diese vier würden mit uns kommen. Unfreiwillig zunächst. Aber spätestens in drei Tagen, wenn die Yirks in ihren Köpfen an Kandronastrahlenmangel verendeten, gäbe es vier neue freie Hork-Bajirs.

Wir waren durch das Hologramm geschlüpft und konnten nun vom Rand des gewaltigen Lochs, das die Yirks in die Erde gesprengt hatten, vorsichtig hinabspähen. Im Zentrum befand sich ein einzelnes Gebilde. Es erinnerte an eine Art Kraftwerk oder so. Blanker Stahl und diverse, in merkwürdigen Winkeln abstehende Teile. Oben auf dem Ding thronte etwas, das wie eine Miniaturausgabe des Washington Monuments auf einer Drehbühne aussah.

<Ist das der Draconstrahler? So einen großen habe ich noch nie gesehen>, sagte ich. Ax drehte seine Stielaugen zu mir. <Ja, die Größe ist wahrhaftig peinlich. Wenn die Yirks irgendwas von Technik verstünden, hätten sie eine gleichstarke Waffe bauen können, die nur ein Drittel so groß wäre.>

<Taugt das Ding was?>

<Man könnte damit ganze Berge auf eurem Mond atomisieren>, sagte er freimütig. <Oder ein Andalitenschiff im Orbit vernichten.>

„Kann man das Ding auch nach unten richten? Auf den Boden?“, fragte Jake.

Ax musterte die Waffe gründlich. Dann zeigte er jenes seltsame Lächeln, wie es die Andaliten auch ohne Mund zuwege bringen. <Ja.>

„Wie kommen wir da runter?“, meinte Rachel.

„Fliegen? Da würden sie uns sehen und schon in der Luft abknallen“, sagte Cassie.

<Was würden sie wohl machen, wenn sie eine Gruppe freier Hork-Bajirs fingen?>, fragte ich mich.

Toby sah mich an und nickte. <Sie würden uns in Käfige sperren und so lange festhalten, bis sie uns zu Controllern machen könnten. Bis sie uns zum Yirkpool schleppen könnten.>

„Sie wissen, dass wir neulich abends bei Frank's Safariland waren“, erklärte Marco. „Also wissen sie auch, dass wir irgendeinen Kontakt zu den freien Hork-Bajirs haben. Und wenn sie Bek ausgerechnet hierher verschleppt haben, heißt das, dass sie einen Rettungsversuch erwarten.“

„Nun, Visser Drei weiß, dass wir mit den freien Hork-Bajirs in Verbindung stehen. Aber weiß das auch derjenige, der dieses Projekt leitet?“, überlegte Cassie.

„Vielleicht. Vielleicht auch nicht.“

„Wenn ihr bisher diesen Ort überfallen habt, wie viele von euren Leuten sind da auf jeden Einsatz mitgegangen?“, fragte Jake Toby.

<In der Regel drei bis vier. Wir wollten nicht alle Mann riskieren.>

Jake grinste. „Dann schicken wir drei bis vier Hork-Bajirs da rein. Es wird genauso aussehen wie bei den früheren Angriffen. Nur dass diese vier Hork-Bajirs uns als Mitfahrer an Bord haben werden. Sie liefern sich ein Gefecht und lassen sich dann festnehmen. Erst danach morphen wir uns zurück und schlagen zu."

Marco stöhnte. „Wir reden doch nicht wieder von Flöhen, oder? Ich hasse Flohmorphs."

Er hatte allen Grund dazu. Marco wäre um ein Haar in seinem Flohmorph stecken geblieben. Als Bussard gefangen zu sein, ist eine Sache. Aber als Floh? Lieber würde ich sterben.

„Such dir ein Insekt aus. Irgendeins", sagte Rachel und lachte. „Floh, Fliege, Moskito. Sind doch eh alles Krabbelviecher."

„Ja, genau", brummte Marco. „Ich bin eine Ameise und werde von einem Stiefel halbiert. Ich bin ein Floh und bleibe fast im Morph stecken. Mit Insekten hab ich so meine Probleme."

„Ich wurde als Fliege geklatscht", bot Jake an. Als ob das was helfen würde.

Nach einigem Hin und Her brachen zuletzt vier Hork-Bajirs lautlos zu der geheimen Anlage der Yirks auf. Mit an Bord eine bunt gemischte Insektentruppe: ein Floh, ein Moskito, zwei Küchenschaben, eine Stubenfliege und eine Wolfsspinne. Die Spinne war übrigens Marco.

Ich übernahm die Führung und machte den Flohmorph. Flöhe sind eklige, nahezu blinde, Blut saugende, hirnlose Minimonster, aber habt ihr schon mal versucht, einen zu killen? Ihr könntet ihn den ganzen Tag lang mit der Klatsche hauen und er würde bloß lachen.

Leider konnte ich von meinem Aussichtspunkt am Fuß von Jara Hamees vorderem Horn nichts sehen. Null. Aber dank Marco konnte ich einer Live-Berichterstattung in Gedankensprache lauschen. Er hatte schließlich acht Augen.

<Okay, wir schleichen uns jetzt an.>

Ein paar Minuten später: <Ich glaube, wir sehen Bek. Er steckt in einem Käfig, mitten im Freien. Aber keiner bewacht ihn.>

Dann: <Mann, die Yirks haben keinen Respekt vor den Hork-Bajirs. Ich meine, selbst ein Zweijähriger würde bei diesem Anblick „Vorsicht, Falle!“ denken. Na, kommt schon, strengt euch mal ein bisschen an. Stellt ein paar Wachen als Kanonenfutter auf. Irgendwas halt.>

Ich spürte einen scharfen, heftigen Ruck, der sich durch Jara Hamees Körper ausbreitete. <Lass mich raten. Wir sind geschnappt worden.>

<Yep. Das sind wir>, sagte Marco und klang zufrieden.

KAPITEL 26

<Also, unsere Lage sieht folgendermaßen aus, so weit ich das mit meiner Kombination aus einfachen und Facettenaugen beurteilen kann>, meldete Marco. <Wir sind in einem Käfig. Große, dicke Stäbe. Aber ein ganz gewöhnlicher Verschluss. Von Menschen gemacht. Bek ist hier und umarmt Jara Hamee.>

<Wie stark die Stäbe wohl sind?>, grübelte Cassie.

<Wie stark würdest *du* sie machen, wenn du einen Hork-Bajir einsperren wolltest?>, fragte Marco.

<Aha. Na, dann stark.>

<Wir müssen das Schloss aufkriegen>, sagte Marco.

<Ach was?>, stichelte Rachel. <Bei deiner Intelligenz könntest du vielleicht unser ‚Seher' sein.>

<Hah. Hah. Und noch mal hah>, sagte Marco.

<Die Hork-Bajirs müssen den, der sich von uns zurückmorpht, abschirmen>, sagte Jake.

<Das bin ich>, sagte ich. <Ich bin der Kleinste. Am leichtesten zu verstecken.>

Keiner hatte Einwände. Es stimmte ja auch. Ich schnellste mich mit meinen elastischen Flohbeinen hoch und sauste, Purzelbäume schlagend, durch die Luft. Eine ganze Zeit lang, die mir ewig vorkam, fiel ich. Dann kam die Landung.

Ffft! Ich war soeben wahrscheinlich das Tausendfache meiner Körperhöhe runtergeplumpst. Bei einem Menschen entspräche das einem Sprung von einem Gebäude, das fünfmal so hoch ist wie das World Trade Center. Und als ich unten ankam, war es wie „Okay, was jetzt?"

Ich begann mich zurückzumorphen. Sehr langsam. Ich schwoll auf etwa zwei Zentimeter Größe an und machte dann eine Pause. <Jara Hamee? Siehst du mich?>

<Jara sieht Käfer.>

<Das bin ich.>

<Tobias? Tobias ist Käfer?>

Ich ertappte mich bei dem Wunsch, dass wir Toby doch lieber hätten mitgehen lassen sollen. Aber sie als Anführerin musste unbedingt am Leben bleiben.

<Ja. Ich bin der Käfer. Jara? Du musst den anderen Hork-Bajirs erklären, dass sie mich verstecken sollen. Bildet einen Kreis um mich herum.>

<Jara machen.>

Ich morphte ein Stückchen weiter. Bis ich ein fünfzehn Zentimeter großer Monsterfloh mit nadelspitzen Federn war, die aus einer rostroten Panzerung sprießten. Kein schöner Anblick, das könnt ihr mir glauben. Ihr würdet nicht sehen wollen, wie eine Mischung aus einem Bussardschnabel und den Haut durchbohrenden, Blut saugenden Mundwerkzeugen eines Flohs aussieht.

Aber ich hatte jetzt Augen. Zwar trübe, schwache, aber es waren Augen. Ich sah mich um und seufzte.

<Nein, Jara. Dreh dich bitte nach außen. Auf die Weise wird sozusagen deutlich, dass du etwas verbirgst.>

Der Hork-Bajir drehte sich gehorsam nach außen und ich morphte mich zu Ende. In dem Gewirr aus baumdicken Beinen und Schwänzen der Hork-Bajirs konnte ich mich problemlos verstecken. Jetzt brauchte ich bloß noch das Schloss zu öffnen. Ohne Zuhilfenahme von Fingern.

Inzwischen waren Wachposten aufgezogen. Jetzt, nachdem die Falle zugeschnappt war. Sechs große Hork-Bajirs, bis an die Zähne bewaffnet, umringten den Käfig.

Doch unser Gefängnis lag ganz im Schatten einer steilen Böschung, die zu der Waffe hochführte. Die Böschung war so an die fünfzehn Meter hoch, fast senkrecht. Ein Hügel im Zentrum des künstlichen Kraters.

Oben sah ich gelegentlich Hork-Bajir- und Taxxon-Arbeiter einen Blick in den Abgrund werfen; allerdings hätten sie nahezu senkrecht runterschauen müssen, um ihrerseits auch uns zu sehen.

In die Böschung hatte man eine Straße geschnitten, breit genug, dass auch Lastwagen sie befahren konnten. Diese Straße mussten wir hochlaufen, um an Waffen zu gelangen.

Ich tappste im Bussardgang zur Rückseite des Käfigs hinaus. Wir Bussarde sind nicht flink zu Fuß, aber laufen können wir. Ich schlüpfte einfach zwischen zwei Stäben hindurch.

Ein Hork-Bajir-Controller schaute verwundert zu mir runter, guckte dann aber weg. Ich sah ihn gleichermaßen verwundert an. Wie sollte ich denn bloß einen Schlüssel von diesem Kerl bekommen? Sollte ich einfach hingehen und ihn fragen?

Eigentlich …

Ich wackelte außen herum, bewegte mich zu einem Werkzeugschuppen. Es ist jedes Mal unheimlich, wenn man sieht, wie die Yirks normale, menschliche Sachen benützen. Dieser Schuppen sah aus wie eines von diesen Häuschen für Gartengeräte, die es im Baumarkt zu kaufen gibt.

Ich tappste hinter den Werkzeugschuppen und begann mich zu morphen. Und zwar wählte ich den einen Morph, der optimal hierher passen würde.

Ich morphte mich in Ket Halpak.

Selbstsicher kam ich hinter dem Schuppen hervorgestapft und ging hinüber zu dem Hork-Bajir, der wie der Verantwortliche aussah.

<Sie wollen dich sprechen>, sagte ich.

<Wer?>

Ich nickte über die Schulter in Richtung des Hauptgebäudes. <Die da.>

Das ist eins der Dinge, auf die man sich in dieser Welt verlassen kann: Es gibt immer ein *Die da*.

Der Hork-Bajir schaute mürrisch. Der Yirk in seinem Kopf war teils verärgert, teils ängstlich. <Der Visser ist noch nicht hier, oder?>

Ich wandte meinen Blick ab. So, als ob ich nicht mehr sagen dürfte. Jetzt betrug bei diesem Kerl das Verhältnis von Ärger zu Angst zehn zu neunzig Prozent.

Ich streckte meine Klaue aus. <Gib mir solange den Schlüssel.>

Es war so einfach. Er händigte mir den Schlüssel aus. Ich ging rüber und sperrte den Käfig auf.

<Was tust du da?>, wollte einer der anderen Hork-Bajir-Controller wissen.

Ich drehte mich um und verpasste ihm mit meiner linken Faust einen wuchtigen Aufwärtshaken gegen den Unterkiefer. Er ging zu Boden.

Die übrigen vier Wächter zögerten für den Bruchteil einer Sekunde. Gerade lang genug, damit Jara Hamee und die anderen aus dem Käfig stürmen konnten. Auf dem Lehmboden des Käfigs sah ich etwas, das sehr schnell wuchs. Es war noch immer etwa zur Hälfte ein Moskito, doch der Schwanz, der aus diesem Insekt wuchs, war unverkennbar.

Es folgte ein heftiger, brutaler Kampf von einer Minute Dauer. Fünf freie Hork-Bajirs (darunter ich) gegen die vier Wachen. Als Ax dann noch mitmischte, war alles ganz schnell vorbei.

Wir zogen und zerrten die Wachen in den Käfig und schlossen sie ein.

Danach morphten sich alle in ihren Kampfmorph. Nur ich morphte mich wieder in meine natürliche Gestalt zurück. Wir würden einen Späher am Himmel brauchen.

Ich erwischte eine leichte Brise und schwebte ab, ganze vier Meter über dem Boden. Ich betrachtete unsere kleine Truppe: vier freie Hork-Bajirs, ein Tiger, ein Wolf, ein Gorilla, ein Andalit und ein sehr großer Elefant.

Schon ein bizarrer kleiner Infanteriezug.

<Das Schöne an der Sache ist, dass sie schreien können, so viel sie wollen. Die Yirks werden einfach denken, das wären *unsere* Hork-Bajirs>, meinte Cassie über die Wachen im Käfig. <Okay>, sagte Jake. <So weit, so gut. Aber vor uns liegt noch ein gutes Stück Arbeit.>

<Ooh, jetzt macht er ganz auf *John Wayne*>, sagte Marco lachend. Jake überging die Bemerkung. <Wir müssen diese Waffe erobern und sie sprengen. Schnell und leise. Wir wollen da drin sein, ehe irgendjemand reagieren kann.>

Es folgte ein Moment erwartungsvoller Stille.

Dann sagte Marco: <Rachel! Worauf wartest du noch?>

<Oh, hab's ganz vergessen>, sagte sie. Und dann rief sie in typischer Rachel-Manier: <Auf geht's!>

<Danke>, sagte Marco. <Ohne den Segen unserer wie immer abgespaceten Kriegsprinzessin Xenia können wir uns in keine neue idiotische Selbstmordmission stürzen.>

Sie stellten sich auf und dann, auf ein Signal von Jake, stürzten wir aus unserem Hinterhalt ins Freie und rannten wie bekloppt, damit wir die Waffenbasis erreichten, bevor irgendwas schief laufen konnte. Aber ich war in der Luft und ich hatte meine Bussardaugen. So konnte ich sehen, *dass* bereits etwas schief gelaufen war.

KAPITEL 27

Da rannten sie die steile Straße hoch, meine Freunde mit unseren Verbündeten. Sie waren direkt hinter einem großen Müllwagen. Praktisch unsichtbar für die ahnungslosen Yirks oberhalb von ihnen.

Aber sie waren nicht unsichtbar. Nicht für den Hubschrauber, der gerade wap-wap-wap über den Wald angeknattert kam und in die geheime Anlage einschwenkte. Er flog eine Kurve und kam tief runter. Es war ein kleiner Helikopter. Mit so einer gläsernen Kanzel, die gerade groß genug für einen Piloten und einen Passagier war. Ein *menschlicher* Passagier. Nichts anderes hätte Sinn gemacht.

Der Hork-Bajir-Wächter zuvor hatte so gesprochen, als würde Visser Drei erwartet.

Das musste er jetzt sein.

Das Sonnenlicht spiegelte sich auf der Kuppel, blendete mich, verbarg die Person darin. Ein Adler oder Fischadler hätte vielleicht besser sehen können. Ihre Augen sind daran angepasst, durch Sonnenlicht auf der Wasseroberfläche hindurch zu spähen. Doch alles, was ich sehen konnte, war der schemenhafte Umriss einer menschlichen

Gestalt. Ein Finger, der auf meine Freunde zeigte. Und, ganz kurz, ein Pferdeschwanz.

Aria!

Der Hubschrauber dröhnte vorbei, beachtete mich nicht. Vom Wind der Rotorblätter wurde ich tüchtig durchgewirbelt. Dann verschwand er hinter dem Hügel.

Wie hatte ich nur so dumm sein können?

Wie konnte ich jemals so dumm sein und mir Hoffnungen machen? Warum hatte ich das nicht kommen sehen? Hatte ich mich blenden lassen von irgendeinem armseligen Wunsch nach Normalität?

Alles bloß Theater! Aria, die das Leben des kleinen Mädchens rettete – nur Fassade! Eine Show, abgezogen, um jeden Animorph, der möglicherweise Zeuge wurde, zu täuschen. Ich war wütend auf mich selbst. Ich hielt mir selbst eine Standpauke und konnte mich gar nicht mehr beruhigen.

Wut tat gut. Ärger war sicher. Ärger war so viel besser als die anderen Gefühle, die hochzukommen und mich zu ersticken drohten.

<Idiot, Tobias! Idiot!>, wetterte ich. <Alle zwei Stunden ging sie im Hotel ins Badezimmer. Idiot! Wie konnte das ausgerechnet dir entgehen? Wie konntest ausgerechnet du, Tobias, nicht wissen, was das bedeutete?>

Zwei Stunden! Zwei Stunden in einem *Morph*!

Ein Morph! Aria war ein *Morph*!

Mir war elend. Ich konnte meine Flügel kaum noch bewegen. Ich konnte nicht denken, nicht sehen. Um mich drehte sich einfach alles.

Bis zu diesem Augenblick war mir nicht klar gewesen, wie viel mir diese Hoffnung bedeutet hatte. Ein Zuhause. Eine Familie.

<Nicht für dich, Tobias, du Idiot! Du Depp! Ich hasse dich! Ich hasse dich! Du sollst tot sein!>

Mit dem Fliegen war es Essig. Ich landete hart und blieb im Dreck liegen. Immerzu sagte ich diese Worte, immer wieder in meinem Kopf: <Ich hasse dich, Tobias. Ich hasse dich. Du sollst tot sein.>

In meinem Leben als Mensch und in meinem Leben als Vogel hatte ich mich nie mieser gefühlt. Ich wusste, meine Freunde kämpften da unten. Ich wusste, sie brauchten mich. Aber ich konnte nicht …

… konnte nicht.

Nach einer Weile hob mich eine grobe Klauenhand vom Boden auf und ich spürte eine rasche Bewegung.

<Komm mit, Tobias. Die Waffe wird gleich explodieren.>

Toby. In irgendeinem fernen Winkel meines Verstandes wunderte ich mich, warum sie gekommen war. Später sollte ich erfahren, dass die Schlacht für meine Freunde übel gelaufen war. Es war Toby, die mit den restlichen Hork-Bajirs zu Hilfe geeilt war.

Sie hatte mich fallen sehen. Sie rettete mich. Und als wir in Sicherheit waren, übergab sie mich in Rachels Obhut.

Woher wusste Toby, dass sie mich an Rachel weitergeben sollte? Keine Ahnung. Ich weiß bloß, dass ich getragen wurde, eingemummelt in Rachels Arme, bis wir wieder zurück waren.

Sie brachte mich zur Scheune. Cassie checkte mich durch, hob meine Flügel an und spreizte die Federn. Sie suchte nach einer Verletzung.

„Tobias, wo hat es dich erwischt?“, fragte sie mich verwirrt.

Ich hatte das Gefühl, als müsste ich die Worte aus einem tiefen Brunnen hochziehen und jedes von ihnen wog tausend Pfund. <Nirgends>, sagte ich.

„Was hast du dann?“, fragte Jake.

<Es ist wegen Aria>, sagte ich.

„Deine Kusine? Die Frau, die dich bei sich aufnehmen möchte?“, fragte Jake.

<Sie ist ein Morph>, sagte ich ohne jede Gefühlsregung.

<Alles nur eine Falle. Sie ist Visser Drei.> Dann lachte ich. <Die ‚Frau‘, die meine Familie sein sollte? Sie ist Visser Drei! Hah, hah, hah! Ne, wenn das nicht drollig ist! Das ist doch echt zu komisch.>

KAPITEL 28

Ich hatte nicht groß Zeit, mich hinzusetzen und mich zu bemitleiden. Das würde warten müssen. Ich hatte eine Verabredung.

Heute war mein Geburtstag. Heute sollte das Testament verlesen werden, das mir mein Vater hinterlassen hatte. Beziehungsweise mein *richtiger* Vater, was immer das hieß. Natürlich war alles eine einzige Lüge. Aber ich musste das durchziehen. Es war eine Falle, doch der einzige Weg aus der Falle heraus war, hinein zu treten.

Aria war Visser Drei. Sie/er hatte nach mir gesucht. Was bedeutete, dass sie/er mich im Verdacht hatte. Wenn ich nicht erschien, würden die Yirks annehmen, dass ich die Falle durchschaut hätte. Sie würden annehmen, ich wäre ein Animorph.

Wieso verdächtigten sie vorrangig mich? Wer wusste was? Aber es war nur ein Katzensprung von dem Schluss, dass ich, ein Menschenjunge, einer der so genannten andalitischen Banditen war, hin zu der Vermutung, dass es sich auch bei den anderen um Menschen handelte. Zu der Vermutung, dass es Kids waren, die ich kannte.

Von da an wäre es ein tödliches Schachspiel mit nur einem möglichen Ende.

Sie würden Jake schnappen. Denn er war mein Freund.

Jake würde zu einem Controller gemacht werden. Selbst wenn er bei dem Versuch, Widerstand zu leisten, starb, würden sie von ihm auf Marco kommen, seinen besten Freund, und auf Rachel, seine Kusine. Und von Rachel weiter auf Cassie. Game over.

Ich musste einen Weg finden, in das Büro dieses Anwalt zu gehen und zuzusehen, wie Visser Drei seine Falle zuschnappen ließ. Ohne dabei selbst geschnappt zu werden.

Und das Schlimmste war: Ich musste es im Alleingang tun. Er würde seine Leute rings um DeGroots Büro postieren. Ein Blick von einem seltsamen Tier, das hier nicht hergehörte, und alles wäre vorbei. Visser Drei wüsste Bescheid.

In der Tat, meine Freunde würden sich woanders aufhalten müssen. Während ich da reinging, um DeGroot und diese falsche Aria zu treffen, würden sie zurückgehen, einen Angriff auf die Yirks starten und dabei versuchen, die von uns zuvor überfallene Waffenbasis aufzumischen.

Weit vor dem Büro morphte ich mich in Menschengestalt, nur um ja sicher zu sein, dass mich niemand sah. Ich ging acht Blocks bis zum Anwaltsbüro. Zu Fuß. So weit war ich schon ewig nicht mehr gelaufen.

Und Laufen ist eine öde Fortbewegungsart. Beim Fliegen lebt man in drei Dimensionen. Wenn man auf der Erde herumkriecht wie ein Mensch, hat man bloß zwei. Außerdem kommt man nur langsam voran. Und da gab es

Ampeln und andere Leute und Autos und … Fliegen war so viel besser.

Dann sei doch froh, sagte ich verbittert zu mir. *Es ist gut, dass du nicht wieder ein Mensch wirst. Du kannst auch in Zukunft fliegen.*

Keine Familie, aber dafür konnte ich fliegen.

Bei meiner Ankunft im Büro zitterte ich vor Angst. Nicht so sehr meinetwegen. Ich denke, irgendwie war es mir gar nicht so wichtig, ob ich in diesem Moment lebte oder starb. Ich sorgte mich nur, dass ich's irgendwie vermasselte. Für die anderen. Für meine Freunde. Ich denke, es stimmt, was man immer von Soldaten im Krieg hört. Am Anfang mögen sie ja ihr Land verteidigen, doch am Ende kämpft jeder für den Kerl neben sich im Schützengraben.

Das Schicksal der Menschheit war mir in dem Moment nicht so wichtig. Ich war kein Mensch. Sondern ein Bussard. Aber mir lagen Jake und Cassie und Marco und Ax-Man und Rachel am Herzen. Vor allem Rachel.

Die Empfangsdame war schon gegangen, als ich zitternd durch die Tür schritt. Da stand ich nun, unsicher, was ich tun sollte. Dann kamen die zwei aus dem Hinterzimmer des Büros.

Aria setzte ein strahlendes Lächeln auf. „Du musst Tobias sein“, sagte sie.

Ich erinnerte mich, als ich sie zum ersten Mal sah. Als ich sie durch ihr Fenster im Hotel beobachtete, während ich hundert Meter hoch in der Luft schwebte. Jetzt fiel er mir auf, jener Punkt, der mich damals gestört hatte: Angeblich war Aria doch jahrelang im afrikanischen Busch gewesen. Aber beim Verlassen des Zimmers war sie kurz stehen geblieben, um ihre Frisur zu kontrollieren.

Absolut angemessen für eine normale Frau. Jedoch etwas unpassend für eine Frau, die ihre Tage damit zubrachte, dass sie sich in Verstecken auf die Lauer nach einem guten Foto legte und in offenen Geländewagen rumkurvte.

Ich nickte. „Ja. Das bin ich."

Meine Rolle war die des harten Straßenkindes. Eine Show abzuziehen, fiel mir leicht, wo ich doch fast immer einen regungslosen Gesichtsausdruck hatte und dazu einen starren Blick.

Sie kam her und umarmte mich. Sie drückte mich fest an sich. Der Morph, der sich für Aria ausgab.

Visser Drei.

Ich sträubte mich und versuchte von ihr loszukommen. „Schon gut", sagte sie mit gespielter Fröhlichkeit.

„Tobias, du gehörst doch zur Familie. Ich möchte für dich sorgen."

DeGroot kam rüber und schüttelte mir mit den Worten „Nur immer herein, junger Mann" die Hand.

Wenn man nicht darauf achtete, würde es einem nie auffallen: Die Art, wie DeGroot auf Abstand zu Aria blieb. Als wäre sie jemand, dem er nicht zu nahe kommen, den er nicht berühren wollte.

Eine Person, die er fürchtete.

So, dachte ich, *DeGroot hängt also auch mit drin in der Sache. Er ist ein Controller. Er weiß, wer Aria ist.*

Wir nahmen alle Platz in dem Büro. DeGroot, der wegen eines passenden Stichworts zu Aria rüberlinste. Aria, die die Rolle der besorgten, anständigen Frau spielte. Und ich, das taffe Straßenkind.

Eine falsche Bewegung. Nur eine kleine falsche Bewegung – und die Yirks würden sich zuhauf aus Richtungen auf mich stürzen, an die ich noch gar nicht gedacht hatte.

„Wir haben uns heute hier versammelt zur Eröffnung eines wichtigen Dokuments, welches Tobias von seinem Vater hinterlassen wurde. Von … von einem anderen Mann als dem, den du für deinen Vater hieltest."

Ich zuckte die Achseln. „Na dann."

Aria beugte sich zu mir her. „Interessiert es dich nicht, zu erfahren, wer dein richtiger Vater ist?"

Ich lachte. „Hat er mir irgendwelches Geld vermacht?"

DeGroots Brauen rutschten nach oben. „Nein."

Ich verdrehte die Augen. „Dacht' ich's mir."

DeGroot klopfte die Seiten des Schriftstücks gerade. „Dann wollen wir gleich in medias res gehen. Wenn das –"

In dem Moment schimmerte ein Fitzelchen von Visser Drei durch. „Lesen Sie schon!", fauchte er/sie. Dann, etwas ruhiger und mit gezwungenem Lächeln: „Ich bin gespannt zu hören, worum es geht." Und der Anwalt las vor.

Ich hatte vergessen, wie man seine Mimik einsetzt. Ich war es gewohnt, als Bussard zu leben, nicht als Mensch. Das rettete mir das Leben.

KAPITEL 29

„Lieber Tobias“, las der Anwalt vor.

Er zögerte, nahm eine Brille von seinem Schreibtisch und setzte sich auf. Dann begann er von neuem.

„Lieber Tobias. Ich bin dein Vater. Du hast mich nie kennen gelernt. Und ich dich auch nicht. Ich weiß nicht, wie dein Leben in all den Jahren verlaufen ist. Ich hoffe, deine Mutter hat einen anderen Mann gefunden, den sie lieben kann. Ich weiß, dass alle Erinnerungen an mich aus ihrem Kopf verbannt sind. Jeder Hinweis auf meine Erdenzeit wurde ausgelöscht.“

Ich fühlte, wie Aria mich anstarrte, spürte ihre raubtierhafte Wachsamkeit. Sie beobachtete meine Augen. Ich erwiderte ihren Blick nicht. Sie wartete auf das Zucken, das nicht kam, auf die Grimasse, auf irgendeine Emotion, die mich verraten würde.

Da konnte sie/er lange warten.

„Diese Chance, mit dir zu kommunizieren, wird mir von ebenjenem Wesen eingeräumt, welches mein irdisches Leben ausgelöscht hat. Es hat mich zum Dienst zurückbefohlen und ich habe keine Möglichkeit, abzulehnen.

Dies alles wird dir höchst merkwürdig erscheinen, mein unbekannter Sohn, den ich nie sah und dem ich nie begegnen durfte. Aber ich gehöre nicht deinem Volk an. Ich habe die Gestalt eines Menschen angenommen, bin jedoch kein Mensch."

Meine Lungen wollten aufhören zu atmen. Mein Herz wollte nicht mehr weiterschlagen. Mir war so, als wäre plötzlich alles und jeder ganz nah. Als würde Aria/Visser Drei an meiner Wange atmen und der Anwalt sich über seinen Schreibtisch beugen, um mir seine Worte direkt ins Ohr zu flüstern.

Kein Mensch!

Eine Reaktion! Ich musste irgendwie reagieren!

Ich rollte die Augen und sagte in einem so sarkastischen Tonfall, wie ich nur konnte: „Oh, Mann."

Der Anwalt blickte zu Visser Drei und fuhr fort.

„Ich war in einem schrecklichen Krieg. Ich tat furchtbare Dinge. Das musste ich wohl. Aber ich wurde kriegsmüde und desertierte. Ich versteckte mich unter dem Erdenvolk, unter Menschen. Während ich auf der Erde als Mensch lebte, nahm ich den Namen Alan Fangor an."

Der Rechtsanwalt zitierte nun aus dem Gedächtnis, er hatte aufgehört zu lesen. Seine Augen waren schmale Schlitze geworden, aus denen er mich eindringlich musterte.

„Ich nahm den Namen Alan Fangor an. Mein richtiger Name lautet jedoch Elfangor-Sirinial-Shamtul."

In diesem Moment blieb die Zeit stehen.

Ich hatte das Gefühl, als hätte ich an eine 1000-Kilovolt-Hochspannungsleitung gefasst.

Elfangor! Mein Vater!

Ich durfte mir nicht das kleinste Anzeichen eines Wiedererkennens anmerken lassen. Keine Bewegung. Kein Weiten der Pupillen. Nichts! Nichts!

Der Anwalt hatte zu Ende gesprochen. Visser Drei starrte mich mit den Augen einer Frau an.

Ich zuckte mit den Schultern. „War's das?"

Ich sah, wie Arias Augen matt wurden. Er/sie war enttäuscht. Langsam schien die Spannung, die Elektrizität aus dem engen, stickigen Büro zu weichen.

„Es geht noch weiter", sagte der Anwalt nach einer langen Kunstpause. „Mein richtiger Name lautet jedoch Elfangor-Sirinial-Shamtul", wiederholte er, als könne er nicht so recht glauben, dass ich bei jenem Namen nicht aufsprang und im Zimmer herumlief. „Und obwohl du mich nie kennen lernen wirst und wir uns nie begegnen werden, wollte ich sichergehen, dass du erfährst, mein Verschwinden aus deinem Leben geschah nicht aus freiem Willen. Nichts wünschte ich mir mehr, als mein Leben zu genießen und deine Mutter zu lieben und dich dazu."

Aber wir sind uns doch begegnet, Elfangor, dachte ich. *Wir trafen uns, als du im Sterben lagst. Wusstest du es? Hast du erraten … VATER? Hast du in jenem letzten schrecklichen Moment, als ich dich deinem Mörder überließ, der jetzt neben mir sitzt, gespürt, dass ich dein Sohn war?*

Tränen! NEIN! Eine Träne und ich würde sterben.

DeGroot sah jetzt verärgert aus. Enttäuscht. Murmelnd überflog er noch mal den letzten Absatz des Briefs, als müsste er irgend woanders sein.

„Aber ich war Teil von etwas, das größer war als ich. Ich hatte eine Pflicht zu erfüllen. Da war etwas Großes, Böses, das ich bekämpfen musste. Da waren Leben, die ich versuchen musste zu retten. Darunter deines und das deiner Mutter. Ich stamme von einer Rasse namens Andaliten ab. Die Pflicht ist für uns etwas Heiliges. Wie sie das auch für viele, viele Menschen ist. Ich kann nicht sagen, dass ich dich liebe, mein Sohn, denn ich kenne dich nicht. Aber du sollst wissen, dass ich dich lieben wollte. Wenigstens das sollst du wissen."

„Er hat mit ‚Elfangor-Sirinial-Shamtul, Prinz' unterschrieben."

Ich lachte heiser. „Na, das erklärt doch so manches, oder?"

„Was denn?", fragte die falsche Aria.

„Mein so genannter *richtiger Vater* erscheint auf der Bildfläche und erweist sich als irgendein Hirni. Irgendein Spinner. Perfekt! Also: Kein Geld, stimmt's?"

„Kein Geld", bestätigte DeGroot.

Ich stand auf. Aria ebenfalls.

„Wollen Sie mich wirklich aufnehmen – oder haben Sie nur gehofft, dass ich was erben würde?", fragte ich.

„Nein, ich will dich wirklich gern aufnehmen", sagte sie mit einem falschen Lächeln. „Aber es muss vielleicht noch ein Weilchen warten. Weißt du, ich wurde plötzlich nach

Afrika zurückgerufen, um noch ein paar Aufnahmen von … von einigen Löwen zu machen."

Ich lachte abfällig, noch immer ganz der harte Bengel von der Straße. „Super. Ich habe einen Verrückten zum Vater und eine Schwindlerin als Kusine."

Ich kehrte ihnen den Rücken zu und ließ sie stehen.

„Tobias!", sagte Aria.

Ich drehte mich um. „Was?"

„Ich … ich kannte deinen Vater. Wir standen, wie soll ich sagen, bei bestimmten Punkten auf verschiedenen Seiten. Aber er war kein Dummkopf." Plötzlich lächelte Aria/Visser Drei. Es war ein entrücktes Lächeln, als würde sie/er sich an etwas erinnern, das lange zurücklag. „Prinz Elfangor-Sirinial-Shamtul war kein Dummkopf. Und einen wie ihn wird die Galaxie so bald nicht wieder sehen."

Ich warf die Hände in die Luft. „Meine Güte, Sie sind ja genauso plemplem wie er."

Ich ging hinaus und machte die Tür hinter mir zu. Ich hörte, wie DeGroot sagte: „Sollen wir ihn uns nicht greifen? Bloß aus Sicherheitsgründen? Ihn zu einem von uns machen?"

Aria schnaubte verächtlich. „Er ist Straßendreck. Da wäre ein Yirk glatte Verschwendung. Elfangor würde sich schämen. Sein Sohn sollte ein Krieger sein. Ein ebenbürtiger Gegner, nicht irgend so ein kleiner Scheißer. Wirklich schade."

Ich war jetzt schon lange gemorpht. Ich verließ das Büro und steuerte ein sicheres Plätzchen an, ohne dass mir jemand folgte oder mich beschattete. Dann morphte ich mich zurück. Die Tatsache, dass ich beschlossen hatte, ein Mensch zu bleiben, war für mich abgehakt. Ich morphte mich in meinen Bussard zurück, ehe ich in eine Falle geraten konnte.

Aber dann morphte ich mich noch einmal. Zurück in Tobias, den Jungen. Ich wollte nämlich weinen. Ich wollte mich so richtig ausheulen. Und Bussarde können nicht weinen.

KAPITEL 30

Jetzt war mir alles klar. DeGroot hatte gesagt, er hätte den Brief geerbt, als er nach dem Tod seines Vaters die Kanzlei übernahm. DeGroot junior war ein Controller. Ihn muss fast der Schlag getroffen haben, als er beim Sichten der Altakten seines Vaters über den Namen Elfangor-Sirinial-Shamtul stolperte.

Es gab nicht einen Yirk, der diesen Namen nicht kannte. Visser Drei hatte sich gefragt, was aus dem Sohn seines Erzfeindes geworden war. Kannte Elfangors Sohn die Wahrheit? Stand er irgendwie in Kontakt mit den „andalitischen Banditen", die ihm solche Probleme bereiteten?

Nachforschungen hatten ergeben, dass ich von der Schule und aus der Obhut meiner gleichgültigen Verwandten abgehauen war. Das muss Visser Drei's Interesse ziemlich beflügelt haben.

Also ersann er eine Falle. Erfinde eine Kusine und biete mir das an, was ich offensichtlich nicht besaß, nämlich ein Zuhause. Sorge dafür, dass ich Zutrauen entwickle. Dann lies mir den Brief vor.

Aber es gab Komplikationen: Visser Drei hatte plötzlich eine Krise am Hals – das Hork-Bajir-Kind Bek. Er würde zwei Fallen benötigen: eine für mich und eine für den freien Hork-Bajir.

Nur für den Fall, dass ich mit den „andalitischen Banditen“ unter einer Decke steckte, zog er seine Rolle voll durch: Bei jenem ersten Besuch, um Bek abzuchecken, täuschte er eine Menschlichkeit vor, die er gar nicht besaß. Später drehte er es so hin, dass es so aussah, als hätte er irgendeinem Mädchen das Leben gerettet. Was gab es für einen besseren Beweis, dass er wahrhaftig ein Mensch war?

Es hätte ja auch geklappt. Nur dass dann Visser Drei plötzlich zu der Anlage gerufen wurde, wo man soeben eine Gruppe frei lebender Hork-Bajirs ‚gefangen genommen‘ hatte.

Zu jener Zeit war er als Aria aufgetreten. Er musste eilig zur Waffenbasis gelangen. Ein Hubschrauber würde genügen, aber er würde als Menschenmorph reisen müssen.

Ich sah ihn. Und das allein rettete mir das Leben. Und vereitelte seinen Plan.

Ich flog zurück zu meiner Wiese, mein Geist und mein Herz zum Überlaufen voll, wie ich es nie für möglich gehalten hatte.

Elfangor. Mein Vater.

Ich hatte keinen Zweifel, wer Elfangors Leben auf der Erde ausgelöscht hatte. Wer ihm erlaubt hatte, mir diesen einen kurzen Brief zu hinterlassen.

Nur der Ellimist konnte das vollbracht haben.

Ich landete wieder auf meinem Lieblingsast in meinem Lieblingsbaum.

Er hatte mich verlassen. Meine Mutter sprach nie von ihm. Für sie hatte er nie existiert, deshalb empfand sie auch keinen Schmerz darüber. Und ohne den Brief hätte ich es auch niemals erfahren.

Jetzt, dachte ich, konnte ich wütend auf ihn sein. Aber danach war mir nicht zumute. Elfangor war desertiert, als er auf die Erde kam. Er hat keine andere Wahl, als zu seinem Dienst zurückzukehren. Überhaupt keine Wahl, wenn er die ihm zugedachte Rolle spielen sollte, nämlich die des großen Prinzen, der er war.

Ich hatte einen Vater verloren. Aufgrund dieser Tatsache war Elfangor dort gewesen, wo und wann er es sein musste, um das Leben von fünf gewöhnlichen Jugendlichen für immer umzukrempeln. Und vielleicht ... *vielleicht* ... die Menschheit zu retten.

Ich wunderte mich, weshalb der Ellimist meinem Vater erlaubt hatte, jenen Brief zu schreiben. Aber ich wunderte mich nicht lange. Die Antwort war zu offensichtlich. Ich hatte nämlich ebenfalls eine Pflicht zu erfüllen. Und wer soll einen daran erinnern, dass das, was man für sich selber will, weniger wichtig ist als jene Dinge, die zu tun notwendig und richtig ist?

<Nachricht erhalten, Vater. Nachricht angekommen.>

KAPITEL 31

Lautlos strich ich über das Gras, meine Flügel sorgsam austariert. Ich streckte die Fänge vor, spreizte die Schwanzfedern, breitete die Flügel nach vorn und stieß mit vollendeter Präzision hinab.

Meine Klauen bohrten sich in den Nacken des Kaninchens. Und wie zuvor war ich auch diesmal wieder nicht der Bussard, sondern das Kaninchen. Ich war nicht der gnadenlose Killer – ich war das Opfer. Nicht Jäger, sondern Beute.

In dieser Vision spürte ich den Schmerz meiner Klauen in meinem eigenen Hals. Fühlte den Schrecken des Todes, der vom Himmel kam.

Aber ich ließ nicht los. Ich musste akzeptieren, was mir diese Vision sagen wollte. Wohin mich irgendein Winkel meines Verstandes führen wollte, damit ich begriff.

Das Kaninchen wurde still und ruhig, während ich seine DNS in mich aufnahm. Ich übernahm das Kaninchen, machte es zu einem Teil von mir.

Dann schloss ich meinen Griff fester, bis das Kaninchen zu zappeln aufhörte. Bis sein Herz stehen blieb.

Ich bin schließlich der Bussard, der Beutejäger. Ich töte, um zu essen.

Aber ich bin auch ein Mensch. Und ich könnte niemals ein Leben auslöschen, nicht mal für mein eigenes Überleben, ohne etwas zu empfinden.

Ich hatte die Botschaft meines Vaters über die Jahre hinweg vernommen. Jetzt hörte ich die Botschaft, die mein Verstand mir sagte: Du bist beides, Tobias. Bussard und Mensch. Das wirst du auch immer sein. Du wirst immer töten, um zu essen. Und du wirst es immer bedauern.

Das nennt man wohl eine verfahrene Situation. Aber es ist meine Pflicht, das zu sein, was ich bin. Ein Bussard. Ein Junge. Instinkt. Und Gefühl. Diesen Drahtseilakt werde ich auch künftig vollführen müssen.

Ich fraß die Kaninchenmutter auf. So viel ich nur reinbekam.

Dann morphte ich mich in das Muttertier und führte die Jungen sicher zu ihrem Bau zurück, während über unseren Köpfen der andere Bussard kreiste und zu uns herabsah. Er wartete auf seine Chance, zu jagen und zu fressen, wie ich es getan hatte.

Das Leben wäre viel leichter für mich gewesen, hätte ich ein primitives, rücksichtsloses Tier sein können. Wenn alle meine Entscheidungen instinktgelenkt wären. Wenn alles einen Sinn ergäbe.

Aber für Menschen läuft das nicht so.

Durch verängstigte Kaninchenaugen schaute ich zu dem anderen Bussard hoch. Ich war zur Beute geworden, diesmal in echt. So fühlte sich das an. Das also sah meine Beute, wenn sie spürte, wie mein Schatten die Sonne verdunkelte. Gut zu wissen.

<Tut mir ja Leid, Bruder Bussard>, sagte ich zu dem Schatten über mir. <Auf dieser Wiese fällt nichts für dich ab. Diese Jungen stehen ab jetzt unter meinem Schutz.>

Ich tötete, um zu essen. Aber diese Kleinen brauchte ich nicht zu essen. Sie würde ich retten. Diese Kleinen konnte ich bedauern. Das gebot mir die Menschlichkeit.

In jener Nacht flog ich zu Rachels Zimmer. Sie schlief. Sie war sauer, als ich sie weckte. Aber sie wälzte sich aus dem Bett, zog sich was über und sagte, sie könne nie Schlaf finden, wenn irgendein bekloppter Vogel zu jeder beliebigen Tages- und Nachtzeit rein- und rausflöge.

Dann zeigte sie mir den Kuchen. Sie zündete eine Kerze an und ich blies sie mit einem Flügelschlag aus. Keiner von uns sang „Happy Birthday“. Aber sie sagte es.

„Happy Birthday, Tobias.“

LESEPROBE

ANIMORPHS™

DIE INVASION

„Eine fliegende Untertasse?“, fragte Marco. Und lachte natürlich. Allerdings nur, bis er nach oben sah.

Ich spürte, wie mein Herz heftig in meiner Brust schlug. Ich fühlte mich seltsam – aufgeregt und ängstlich, alles auf einmal.

„Es kommt hierher“, sagte Rachel.

„Kann man nicht wissen.“ Ich konnte kaum flüstern, so trocken war mein Mund.

„Doch, es kommt hierher“, sagte Rachel. Sie hat eine sehr bestimmte Art zu sprechen. Man begreift sofort, dass sie von allem, was sie sagt, total überzeugt ist.

Rachel sollte Recht behalten. Was immer es war, es kam näher.

Und es wurde langsamer. Jetzt konnte ich ganz deutlich die Umrisse erkennen.

„Sieht gar nicht aus wie eine fliegende Untertasse“, sagte ich.

Vor allem schien es gar nicht so groß zu sein, eher so lang wie ein Schulbus. Das vordere Ende glich einer fast eirunden Samenkapsel. Aus dem hinterem Ende dieser Kapsel wuchs ein langer, schlanker Schaft. An dessen Seiten befanden sich zwei krumme, stummelförmige, flügelartige Gebilde, und an der Rückseite beider Flügel war je ein langes Rohr, das an seinem hinteren Ende hellblau glühte.

Das kleine Raumschiff sah fast niedlich aus. Ihr versteht schon – irgendwie harmlos. Bis auf die Tatsache, dass es eine Art Schwanz hatte – einen bösartig wirkenden Schwanz, der aufwärts gebogen und nach vorn gekrümmt war und in ein nadelspitzes Ende mündete.

„Dieser Schwanz da“, sagte ich. „Sieht aus wie eine Waffe.“

„Absolut“, pflichtete Marco bei.

Das kleine Schiff kam immer näher und verlangsamte dabei seine Geschwindigkeit immer mehr.

„Es stoppt“, sagte Rachel. Sie hatte den gleichen seltsamen, etwas unwirklichen Tonfall in der Stimme wie ich. So, als ob wir nicht glauben konnten, was wir da sahen. Vielleicht wollten wir es auch einfach nicht glauben.

„Schätze, es sieht uns“, sagte Marco. „Sollen wir abhauen? Vielleicht sollten wir nach Hause rennen und eine Kamera holen. Wisst ihr, wie viel Geld wir für ein Video von einem echten UFO bekommen würden?“

„Wenn wir weglaufen, tun sie uns womöglich … ich weiß nicht, mit auf volle Kraft gestellten Phasern wegzappen“, sagte ich. Ich hatte das irgendwie witzig gemeint.

„Phaser gibt's nur in Star Trek“, sagte Marco und verdrehte die Augen, wie er's immer macht, wenn er mich für bescheuert hält. Als wenn er der Fachmann für außerirdische Raumschiffe wäre. Stimmt doch.

Das Schiff hielt an und schwebte nun fast direkt über unseren Köpfen in vielleicht dreißig Metern Höhe. Ich konnte fühlen, wie meine Haare vom Kopf abstanden. Als ich zu Rachel hinübersah, hätte ich sogar fast gelacht. Sie hat diese langen blonden Haare, und die standen jetzt in allen Richtungen igelförmig ab. Nur Cassie sah normal aus.

„Was meinst du, was das ist?", fragte Marco. Jetzt, wo das Ding so nah war, klang seine Stimme etwas zittriger, gar nicht mehr so gelassen. Um ehrlich zu sein, auch ich hatte ein bisschen Angst … Ein *bisschen*? Also ich hatte dermaßen Schiss, dass ich mich nicht mehr rühren konnte. Gleichzeitig aber war dies das Coolste, was man sich überhaupt nur denken kann. Ich meine, da war ein Raumschiff! Direkt über meinem Kopf!

Tobias grinste sogar, aber so ist Tobias eben. Er hat nie Schiss vor verrückten Sachen. Es ist die Normalität, die er nicht ertragen kann. „Ich glaube, es wird gleich landen", sagte er mit diesem breiten Lächeln im Gesicht. Seine Augen leuchteten vor Erregung, und sein Blondschopf stand büschelweise ab.

Das Schiff senkte sich herab. „Es kommt direkt auf uns zu!", rief ich.

Mit aller Kraft musste ich mich dagegen wehren, nicht nach Hause zu rennen, mich dort in mein Bett zu verkriechen und mir die Decke über den Kopf zu ziehen. Aber ich wusste, dass hier was Wichtiges geschah. Mir war klar, dass ich dableiben und mir alles ansehen musste.

Vermutlich ging es den anderen genauso, denn wir standen alle bloß da, während das Schiff summte und glühte und langsam auf einer freien Fläche zwischen Schrotthaufen und eingestürztem Mauerwerk niederging. Auf der Oberseite der Kapselsektion bemerkte ich schwarze Brandspuren. Die Außenhaut der Kapsel war teilweise geschmolzen. Kaum, dass das Schiff den Boden berührt hatte, verloschen die blauen Lichter. Rachels Haar fiel auf die Schultern zurück.

„Gar nicht so groß, oder?", flüsterte Rachel.

„Ungefähr" – ich versuchte nachzudenken – „ungefähr drei- bis viermal so groß wie unser Minivan."

„Wir sollten jemanden informieren", sagte Marco. „Ich meine, das ist doch ein Knüller, versteht ihr? Raumschiffe landen nicht einfach jeden Tag auf dem Baugrundstück. Wir sollten die Polizei anrufen oder die Armee oder den Präsidenten oder irgendwen. Wir werden irre berühmt. Bestimmt wird man uns in eine TV-Show einladen."

„Da hast du Recht", sagte ich zustimmend. „Wir sollten jemanden holen." Aber keiner von uns rührte sich vom Fleck. Niemand von uns lief so einfach von einem Raumschiff weg.

„Ich frage mich, ob wir nicht versuchen sollten, Kontakt aufzunehmen", schlug Rachel vor. Sie stand da, die Hände in die Hüften gestemmt, und betrachtete das Raumschiff, als ob es ein Rätsel wäre, das sie lösen musste. „Ich meine, wir sollten kommunizieren. Wenn das überhaupt möglich ist."

Tobias nickte. Er trat nach vorn und streckte die Hände aus. Vermutlich wollte er demjenigen, der sich in dem Schiff befand, zeigen, dass er keine Waffe trug. „Wir werden dir nichts tun“, sagte er mit lauter, klarer Stimme.

„Glaubst du, die sprechen Englisch?“, fragte ich verwundert.

„Na ja, in Star Trek reden sie alle Englisch“, sagte Cassie und lachte nervös.

Tobias versuchte es noch einmal. „Bitte, komm heraus. Wir werden dir nichts tun.“

<Ich weiß.>

Ich erstarrte. Okay, ich hatte definitiv jemanden „Ich weiß“ sagen hören, nur … da war kein Geräusch gewesen. Ich meine, ich hörte es schon, bloß eben nicht wirklich.

Vielleicht war dies alles ein Traum. Ich schielte seitlich zu Cassie hinüber. Sie schaute zurück. Sie hatte es auch gehört. Ich sah Rachel an. Sie drehte den Kopf hin und her, so, als ob sie suchte, woher dieses Geräusch – das kein Geräusch war – gekommen sein konnte. In mir begann sich ein komisches, unbehagliches Gefühl breit zu machen.

„Habt ihr das auch gehört?“, flüsterte Tobias.

Wir nickten alle zugleich, sehr langsam.

„Kannst du herauskommen?“, fragte Tobias mit seiner lauten, Alien-erprobten Stimme.

<Ja. Habt keine Angst.>

„Wir werden schon keine Angst haben“, sagte Tobias.

„Du hast gut reden“, murmelte ich. Die anderen kicherten nervös.

Ein schmaler Lichtspalt erschien, und langsam öffnete sich an der glatten Seite der Kapselsektion des Schiffs ein Eingang. Reglos stand ich da, total hypnotisiert. Ich starrte nur und wartete ab.

Die Öffnung wurde größer, erst wie ein Halbmond, dann wie ein voller, leuchtender Kreis.

Und dann kam er.

Mein erster Gedanke war, dass hier jemand einen Menschen mit einem Hirsch zusammengeklont hatte. Das Wesen hatte einen Kopf und Schultern und Arme, die mehr oder weniger dort waren, wo sie hingehörten; die Haut allerdings hatte einen blassblauen Teint. Unterhalb davon aber trug er ein Fell, eine Mischung aus Blau und Gelbbraun, das einen vierbeinigen Körper bedeckte, der tatsächlich so aussah, als gehörte er zu einem Hirsch oder vielleicht zu einem kleinen Pferd.

Er zog den Kopf ein und trat aus der Türöffnung ins Freie. Jetzt konnte ich erkennen, dass selbst seine recht normal aussehenden Körperteile keineswegs so normal waren. Erstens hatte er keinen Mund, sondern nur drei senkrechte Schlitze. Und dann waren da seine Augen. Zwei davon befanden sich da, wo man sie vermutet hätte, hatten aber eine glitzernde grüne Farbe, die irgendwie schockierend war. Doch der richtige Schock waren die *anderen* Augen. Er trug etwas, das wie zwei Hörner aussah, nur saß an der Spitze jedes Horns ein Auge. Die Hörner waren beweglich, drehbar, sodass er die Augen nach vorn und hinten oder nach oben und unten richten konnte.